Destiny

1.Addio

POV Taehyung

Ti osservo da dietro questa fredda colonna mentre avanzi per quella navata, mentre vedo il tuo sorriso una volta dedicato a me crescere sul tuo volto per un'altra persona, ti osservo mentre gli dai la tua mano che viene stretta dalla sua…

Che patetico che sono mi nascondo ai tuoi occhi perché lo so che mi stai cercando, ma non posso mostrarmi tu sei felice e io rovinerei la tua felicità, lo so sono un bugiardo ti avevo promesso che sarei stato lì tra le prime file a sostenerti eppure sono qui che mi nascondo.

Come abbiamo fatto ad arrivare a questo? Come ho fatto io a farmi scappare la persona più meravigliosa del mondo?

Ho il cuore che si sta sgretolando mentre ti osservo, mentre ti sento pronunciare quell'unica parola, quell'unico SI, chiudo gli occhi per non guardare che le sue labbra si poggiano sulle tue, ti osservo per un'ultima volta, e quell'ultima volta il tuo sguardo si posa su di me, quegli occhi in cui ho sempre amato perdermi ora sono tristi e una lacrima vedo scendere.

Perché quella lacrima piccolo? Non essere triste, oggi è il tuo giorno, io ti sosterrò anche se da lontano, sarò la tua spalla su cui piangere se sarai triste, sarò il tuo scudo se ti farà del male, sarò un amico e niente più da oggi.

Stringo i pugni e finalmente mi decido ad andarmene e lasciarti andare definitivamente, non ho mai pianto tu lo sai, eppure oggi da i miei occhi scendono lacrime, lacrime che si mischiano al dolore che sto provando, un dolore per averti perso, per non essere stato in grado di lottare per te, un dolore che rimarrà nel mio cuore per sempre come rimarrai tu amore mio.

Salgo su quella macchina che ci ha portato in giro per i nostri viaggi, dove abbiamo passato le nostre risate, dove ti ho visto infinite volte piangere, dove ti ho avuto per la prima volta e le volte a seguire, sei in ogni parte di questa macchina che ora e diventata fredda senza di te, il tuo profumo ancora si sente ed è l'unica cosa che mi tiene a galla facendomi ricordare che tu non eri un sogno ma la realtà.

Che strana abitudine che ho preso, sai dove mi ha portato, proprio nel nostro posto, quel pezzo di spiaggia dove solo io e te stavamo, dove sotto le stelle ti ho avuto e ti ho chiesto di andare a vivere insieme in quella casa che ormai e solo una semplice casa.

Mi siedo sulla riva lasciando che l'acqua mi bagni i piedi e tutto ciò che eravamo torna a galla, ma lo sto lasciando andare tra queste acque, lascio che tutto ciò che eravamo venga portato via insieme alle mie lacrime che non smettono di scendere.

POV Hyunjin

Sono qui davanti questo specchio mentre osservo questa mia immagine, sorrido ma mai sorriso più falso si era dipinto sul mio volto, tutto attorno a me c'è gioia e felicità ma non in me, in me solo il vuoto esiste, neanche il sorriso di mia madre riesce a scaldare il mio cuore ormai freddo mentre prende la mia mano e mi accompagna lungo la navata, guardò davanti a me e lui è lì ad aspettarmi, ma volevo te. Volevo che ad afferrare la mia mano ci fossi stato tu, che a donarmi un sorriso c'eri tu, ma così non è stato e mai sarà, tengo il mio sguardo nel suo e cerco di donargli un sorriso vero, ma tutto ciò non accade.

Perché sono qui con lui? Perché non ho saputo trovare il coraggio di dirti tutto? Sono patetico ti avevo promesso che non avrei guardato al passato ma solo al presente eppure non faccio altro che pensare a te.

Sono un codardo perché mentre vorrei dire di no e correre da te dalla mia bocca esce un "SI", una semplice e unica parola che per lui conta mentre per me non è niente se solo una parola, ho talmente la mente occupata da te che quando sento le sue labbra sulle mie un senso di nausea mi sale eppure lo nascondo come sto nascondendo ciò che provo.

Mi giro per sorridere ai nostri amici e parenti che ci applaudono eppure il mio sguardo si ferma su quell'unica persona che volevo, il mio sguardo si ferma su di te che ti nascondi dietro quella colonna, avrei voluto correre da te invece di rimanere lì fermo a guardare il dolore che vedevo dai tuoi occhi, avrei dovuto dirti tutto ma non potevo, lasciò scendere una lacrima, una semplice lacrima che racchiude tutto ciò che provo.

Ti osservo mentre esci da quella porta e non posso che sentirmi ancora peggio notando per la prima volta sul tuo volto delle lacrime, mi hai detto addio vero? Forse il nostro amore non era fatto per essere vissuto ma finché e durato io posso giurarti che ciò che ho provato con te non l'ho mai provato con nessuno, nemmeno con lui che ora è mio marito. Usciamo dalla chiesa e noto la tua macchina in lontananza, quella macchina dove io mi sono donato a te per la prima volta, dove ha visto le mie lacrime e i nostri sorrisi, quell'auto dove ci siamo amati, sembra strano eppure so dove sei diretto, stai andando nel nostro posto, dove mi hai chiesto di andare a convivere e abbiamo passato le notti sotto le stelle, ti chiedo solo una cosa fai in modo che rimanga il nostro e soltanto nostro.

Lasciò scendere altre lacrime che lui pensa che siano perché sono emozionato, ma in realtà sono le ultime lacrime che lascerò andare per te amore mio, lacrime che porteranno via tutto ciò che eravamo.

2.Inizio

Anni prima.

La musica assordante rimbombava nelle sue orecchie come martelli, non voleva per niente uscire quella sera aveva appena litigato con il suo ragazzo, ma sapeva anche che purtroppo quelle liti portavano solo a una cosa il lasciarsi, si erano amati eppure con il passare del tempo le cose erano cominciate a cambiare, i loro gusti differenti, le differenti abitudini, non vi era più niente neanche quel poco di gelosia che poteva far tornare in vita un po' il rapporto, non c'era niente di niente.

Buttò giù un altro sorso del suo Gin lemon, gli piaceva il sapore intenso e aromatico del gin che si mischiava all'aspro ma allo stesso tempo dolce del limone, si poteva dire che era diventata la sua bevanda preferita, mentre beveva il suo sguardo cadde in mezzo alla pista ed è lì che lo vide per la prima volta mentre si muoveva a ritmo della musica, mentre delle gocce di sudore scendevano lungo il viso fino al collo per poi sparire nel colletto della sua camicia rossa, ma i suoi occhi scesero ancora più giù fino al suo sedere avvolto da dei pantaloni di pelle che gli stringeva nei punti giusti, voleva distogliere lo sguardo ma non riusciva, era diventato come una calamita vedere quei movimenti e nella sua testa già lo immaginava sotto di lui mentre lo faceva suo in tutte le posizioni possibili, sentì la gola secca prese e buttò giù tutto il gin lemon leccandosi le labbra mentre sentiva il suo amichetto svegliarsi, si riprese subito dai suoi pensieri non appena un suo amico lo riportò sulla terra ferma, mai gli era successo neanche con il suo ragazzo.

X: **Tae che succede ti vedo pensieroso.**
T: **scusa Jimin... Solo che...**
Jm: **cosa ti sta distraendo da noi?**

Jimin volse lo sguardo verso la pista proprio nel punto dove guardava il suo amico e appena capì cosa aveva mandato in tilt Taehyung sul suo volto un ghigno crebbe.

Jm: **ora capisco... Sei andato in palla per Hwang...**
T: **Lo conosci?**
Jm: **tutti lo conosciamo Tae, si chiama Hyunjin, un bravo ragazzo perciò toglietelo dalla testa, non è tipo di andare a letto con quelli fidanzati.**
T: **non ho detto che me lo voglio portare a letto...**
Jm: **allora dillo al tuo amichetto che bello sveglio**

Taehyung si guardò tra le gambe notando il suo problemino sbuffò coprendosi subito con la sua giacca guardando male i suoi amici che se la ridevano ma poi tornò a guardare in pista, voleva per un altro po' osservare quel ragazzo che aveva risvegliato in lui sensazioni che non aveva da un po', ma di lui non vi era più traccia, guardò a destra e sinistra ma non lo vedeva da nessuna parte.

X: **Sé e me che cerchi sono qui.**

Taehyung sussultò sentendo quella voce che gli sussurrò vicino l'orecchio scaturendo in lui mille brividi lungo la schiena, si girò trovandosi il ragazzo che ballava in pista e che gli aveva causato il suo piccolo problema a pochi centimetri con il viso al suo, deglutì e per la prima volta voleva scappare da quella situazione.

Hyunjin sorrise al ragazzo vedendolo un attimo in difficoltà, mentre ballava aveva sentito su di lui uno sguardo all'inizio non gli diede peso, alla fine chiunque poteva farlo eppure quello sguardo che sentiva su di lui era così penetrante che si sentiva nudo e quando aveva girato di poco il viso per capire chi era aveva notato che era lui, l'aveva subito colpito era un bel ragazzo non c'era dubbio eppure ciò che lo colpì più di tutti fu il suo sguardo, uno sguardo triste come se qualcosa lo tormentasse, lo prese per mano facendosi seguire senza dire niente.

T: **si può sapere che combini?**
H: **Semplice ti offro da bere oppure me lo offri tu poi vediamo.**

Taehyung si fermò sul posto bloccando la sua corsa al bancone, nel fare questa mossa però fece tornare indietro con il corpo il ragazzo facendolo appoggiare con la schiena al suo petto e per istinto portò le mani sui suoi fianchi stringendoli, Hyunjin si girò con il viso trovandosi già con il suo sguardo addosso e il viso a pochi centimetri dalle sue labbra, per la prima volta in vita sua sentiva il desiderio di assaggiare quelle labbra e sentire che sapore avevano, sentiva anche se aveva la camicia il calore delle sue mani mentre gli stringeva i fianchi tenendolo vicino a sé per non farlo allontanare.

Tutto poteva immaginare Taehyung tranne che tenerlo così vicino potesse farlo sentire strano, ma non uno strano cattivo tutt'altro ed era sbagliato in quel momento, lo allontano con delicatezza tenendo lo sguardo nel suo.

T: **neanche ti conosco perché dovrei offrirti da bere?**
H: **Giusto hai ragione, rimediamo subito io sono Hyunjin.**

Si girò verso di lui porgendogli la mano con sempre quel sorriso sul viso, Taehyung allungò la mano prendendo la sua e stringerla, la cosa che notò era che la sua mano era più piccola della sua ed era liscia e delicata a differenza della sua grossa e più ruvida.

T: **Taehyung... Va bene ti offro da bere ma non ti credere niente ok?**
H: **Niente di niente solo una bevuta tra due amici appena conosciuti.**

Hyunjin gli diede le spalle e continuò a camminare verso il bancone mentre Taehyung senza volerlo portò il suo sguardo sul suo di dietro leccandosi il labbro inferiore ma maledicendosi per i suoi pensieri poco casti verso quel ragazzo, sospirò e lo segui arrivando al bancone dove ordinarono lui il suo solito gin lemon mentre Hyunjin ordinò una vodka alla pesca, sembrava strana la situazione entrambi si guardavano e si studiavano, nessuno dei due perdeva ogni movimento dell'altro mentre parlavano del più e del meno buttando giù i loro drink e una volta finiti erano usciti fuori.

Taehyung aveva tirato fuori una sigaretta offrendola al ragazzo che lo stava facendo ammattire al suo fianco che rifiutò, l'accese e diede una prima tirata sentendo già il sapore della nicotina che si mischiava al sapore del gin lemon, soffiò il fumo rimanendo a guardare quella piccola nuvola bianca sparire.

H: **Dovresti parlare con lui e mettere le carte in tavola, così ne soffrite entrambi.**

T: **Già... Ma siamo diventati così un'abitudine che spaventa entrambi il fatto di dover ricominciare da capo.**

H: **Posso capire ciò che dici, ma non siete soli avete degli amici vicino che possono aiutarvi.**

Taehyung si girò verso di Hyunjin tenendo lo sguardo su di lui che guardava il cielo stellato, sul suo viso c'era sempre quel sorriso dolce come quando glielo fece prima nel locale, si mosse verso di lui, i suoi piedi stavano agendo da soli come se a comandarli fosse qualcun'altro, lo fece indietreggiare facendolo poggiare con la schiena al muro avvicinandosi di più con il suo corpo, anche se pochi centimetri li dividevano sentiva il calore del suo corpo così vicino, portò una mano sul muro al lato del suo viso, si stava perdendo nei suoi occhi verdi come lo smeraldo con quella nota di oro a caratterizzarli, un colore che aveva sempre amato.

T: **Fermami perché sto per fare qualcosa che non dovrei.**
Hyunjin sorrise portando una mano sulla sua guancia sorridendogli perdendosi nei suoi occhi color cioccolato così intensi da sentirsi sempre nudo ogni volta che gli posava su di lui.

H: **Allora siamo in due… E da tutta la sera che non faccio altro che desiderare le tue labbra sulle mie… Ma non dovrei va contro i miei principi…**
Taehyung avvicinò il volto al suo, le sue labbra erano talmente vicine che poteva sentire il loro respiro mescolarsi.

T: **Sarà solo un bacio niente di più.**

H: **Solo un bacio.**
Sussurrò Hyunjin che non faceva altro che passare il suo sguardo dai suoi occhi alle sue labbra, si leccò il labbro inferiore movimento che Taehyung non perse accendendo in lui quella scintilla azzerando le distanze posando le labbra su quelle del ragazzo, un bacio delicato apprezzando la morbidezza delle sue labbra ma voleva di più, voleva assaggiare per bene quelle labbra che lo stavano facendo già impazzire, con la lingua picchietto sul suo labbro inferiore e non appena Hyunjin le schiuse inoltrò la lingua tra quelle labbra carnose andando a intrecciarla con la sua, il sapore della vodka alla pesca così dolce che si mischiava al sapore della nicotina e del gin lemon poteva dire di amare quella combinazione, mille brividi lungo la schiena sentì appena si toccarono le loro lingue.
Hyunjin portò le mani tra i suoi capelli facendo intrecciare le sue dita con delle ciocche stringendoli un po, quel bacio stava scaturendo in lui tante emozioni diverse che cominciò ad aver paura, ma quelle labbra erano le migliori che aveva provato fino a quella sera, sapeva perfettamente che non ne

avrebbe fatto più a meno, gli succhiò il labbro e glielo morse per poi tornare a giocare con la sua lingua.

Taehyung portò le mani sui suoi fianchi stringendoli poggiando il suo corpo su quello dell'altro, assaporava quelle labbra, le succhiava e mordeva, le stava consumando sapendo perfettamente che sarebbero diventate la sua droga preferita, ma doveva tornare alla realtà e contro voglia si staccò lentamente da quelle labbra così rosse e gonfie per il bacio, rimase a osservarlo mentre ancora i suoi occhi erano chiusi passando il pollice sulle sue labbra.

T: **Un solo bacio avevamo detto...**

H: **Già...**

Ne volevano di più ma purtroppo la realtà dei fatti era molto lampante, Hyunjin lo fece allontanare un pochetto liberandosi dalla posizione in cui era gli sorrise e tornò nel locale lasciando un Taehyung lì immerso nei suoi pensieri, sospirò per poi prendere e tornare a casa dal suo ragazzo.

Una volta a casa non fece neanche tempo a entrare che venne assalito dal suo ragazzo in un bacio focoso, non poté non fare il paragone con le labbra di Hyunjin e il loro sapore, erano finiti nel letto e mentre lo faceva suo nella sua testa non aveva altro che l'immagine del corpo del castano, lo desiderava così tanto che non si rese conto mentre arrivava al piacere di dire il suo nome che non scappò all'orecchio del suo ragazzo, sbaglio più grande non poteva fare ma quell'errore fece liberare entrambi i ragazzi da tutto prendendo la decisione che dovevano prendere già da molto tempo.

Si trovava sdraiato su quel letto mentre osservava il soffitto, doveva essere triste perché tra lui e il suo ragazzo era finita, ma in realtà si sentiva bene e libero finalmente da quella relazione che si gli aveva dato tanto, non poteva negare di averlo amato, ma con il passare del tempo si sentiva come in una gabbia non riuscendo a provare più niente, chiuse gli occhi e il viso di Hyunjin gli tornò alla mente portò le dita sulle sue labbra sorridendo come un ebete ricordando perfettamente la morbidezza e il sapore di quelle labbra addormentandosi sereno.

3.Ti ho trovato

Un mese dopo

Era passato un mese da quando Hyunjin aveva incontrato Taehyung al locale, aveva provato a tornarci qualche sera per vedere se lo incontrava di nuovo per sapere come erano andate le cose tra lui e il suo ragazzo ma sapeva perfettamente che non era realmente ciò che voleva, voleva riprovare quelle labbra che per tutto quel mese avevano occupato i suoi sogni, con lui stava andando contro i suoi principi di non andare dietro a un ragazzo fidanzato eppure non riusciva a toglierselo dalla testa, aveva persino talmente stressato il suo miglior amico per aiutarlo che una sera l'aveva fatto scendere dalla macchina mollandolo in mezzo alla strada, per tutta la settimana a venire gli aveva tenuto il muso ma il suo amico sapeva come farsi perdonare regalandogli una scatola piena del cioccolato Kinder che a lui piaceva tanto, si trovavano a casa sua in quel momento seduti sul letto della sua cameretta mentre mangiavano qualche cioccolatino.

X: **Certo che sei stato un cretino almeno potevi farti lasciare il numero di telefono, mi spieghi come facciamo a trovarlo? Potrebbe anche vivere in un paese affianco ed e venuto qui solo per divertirsi quella sera.**

H: **Stai zitto Felix, so che sono un cretino... Ma in quel momento avevo la testa in tilt, lui, quel bacio, tutto l'insieme mi hanno fatto rimbambire.**

Felix: **Non dirmi che te ne sei innamorato Hyun?**

Hyunjin tenne lo sguardo basso continuando a giocare con la carta del cioccolatino mentre le parole di Felix gli rimbombavano nella testa, no non poteva essere innamorato di lui l'aveva visto solo una volta ma allora perché non riusciva a toglierselo dalla testa, sospirò andando indietro con il corpo cadendo sul letto portò il suo sguardo sul soffitto cercando una risposta alle parole del suo amico, ma più cercava più l'unica verità era una.

Felix: **Può succedere sai? Viene chiamato colpo di fulmine, non devi farti problemi.**

H: **Non mi sto facendo problemi è solo che...**

Felix: **Che vorresti rivederlo per capire se realmente te ne sei innamorato.**

H: **Già... Ahhh basta pensare andiamo a fare una camminata, voglio fare shopping che ne dici?**

Felix: **Che quando si tratta dello shopping considerami la tua ombra.**

Hyunjin si alzò e sorrise a Felix, si cambiò mettendo dei Jeans semplici e una felpa nera per poi raggiungere il suo amico che nel mentre era sceso giù a salutare la madre del suo amico, avevano perso tempo a parlare con lei del più e del meno persino del ragazzo che stava facendo impazzire suo figlio, sapeva ogni cosa di lui era sua madre eppure con lei aveva anche un bellissimo rapporto, nei momenti no era diventata la sua più cara confidente insieme a Felix e l'aveva sempre appoggiato in ogni sua decisione e ogni suo percorso, fu la prima a sapere del suo orientamento sostenendolo anche contro il padre che non sopportando la situazione decise di andarsene, lei no, aveva accettato la cosa e si era rimboccata le maniche standogli vicino, molte volte Hyunjin si sentiva colpevole ma sua madre gli sorrideva e gli diceva "tu sei il mio bene prezioso e per te farei di tutto", una frase che lo rendeva felice ma nello stesso momento triste perché per lui la madre si negava tante cose, per questo si ripromise di rimboccarsi le maniche e renderla felice e orgogliosa di lui.

Dopo la lunga chiacchierata con la donna che gli faceva le solite raccomandazioni raggiunsero in fretta il centro commerciale correndo già tra i suoi corridoi in cerca del negozio perfetto, ma Hyunjin era di un'altra idea voleva farsi un tatuaggio ma voleva fare una sorpresa a Felix, sarebbe andato prima di tornare a casa con la scusa che doveva fare una commissione importante.

Taehyung quella mattina si era svegliato con calma nel suo nuovo letto, in quel mese aveva deciso di cambiare tutto nell'appartamento a iniziare dalla camera fino a tutto il resto che aveva come ricordo il suo ormai ex, non gli importava di aver speso una fortuna poteva permettersi la sua attività andava a gonfie vele e ne era estremamente fiero, al suo ex non era mai piaciuta la sua idea di aprire un locale dove faceva tatuaggi e piercing, non gli piaceva l'idea che lui dovesse mettere le mani sul corpo di un altro ma lui non gli dava mai ascolto e continuava nel suo lavoro questo era un altro dei motivi che li portava a discutere.
Si trovava in cucina poggiato al mobile perso nei suoi pensieri mentre attendeva che la moka iniziasse a borbottare annunciando così che il caffè finalmente era pronto, in quel mese aveva sempre pensato a quel ragazzo stressando persino Jimin per aiutarlo a trovarlo ma anche lui non sapeva molto se non solo il suo nome e cognome, si riprese dai suoi pensieri sentendo finalmente il profumo del caffè, si sbrigò a togliere il primo caffè versandolo in un bicchiere mettendogli un po di zucchero iniziando a mescolare tra di loro per creare quella schiumetta che a lui piaceva tanto, una volta pronta prese e verso il caffè nella tazzina per poi versarci la schiuma, lo sorseggiò con calma assaporando l'amaro del caffè che si mischiava al dolce della schiuma, quella era la sua abitudine da un periodo fare colazione e poi

andare a lavoro, non faceva neanche pausa pranzo tirando fino a sera dove si preparava un qualcosa di già pronto per poi buttarsi sul divano lasciando che il ricordo di quel ragazzo e delle sue labbra lo portassero nel mondo dei sogni, scosse la testa per cercare di togliersi almeno quella mattina il ragazzo dalla mente, prese la sua cartella con dentro vari disegni per poi uscire di casa raggiungendo il suo negozio che per fortuna si trovava nel centro commerciale vicino casa sua quindi poteva raggiungerlo a piedi.

Era appena arrivato trovando già Jimin al bancone che parlava con una ragazza e appena vide il suo amico la liquidò subito.

Jm: **Buongiorno amico.**

T: **un'altra conquista?**

Jm: **Esatto, ma dovrà arrendersi prima o poi non è nei miei gusti**

T: **Vero perché a te piace ricevere la melanzana invece che darla.**

Taehyung rise vedendo il ghigno che si stava creando sulle labbra di Jimin, andò nel suo studio posando la sua cartella sul divanetto che era lì per poi andarsi a sedere sulla sua poltrona di peso sospirando ancora per l'ennesima volta in quella mattinata.

Jm: **Dovrei cambiarti nome sai?**

T: **Mmhh?**

Jm: **ti chiamerò mister sospiro, non ti ho mai visto sospirare così tanto in tutta la tua vita come in questo mese Tae, quel ragazzo ti ha mandato proprio in palla.**

T: **Smettila idiota… Vorrei solo poterlo rivedere, poter sentire di nuovo il suo calore e la morbidezza di quelle labbra…**

Jm: **Altro che colpo di fulmine ti sei proprio innamorato perso amico mio.**

Taehyung guardò Jimin pensando alle sue parole, innamorato solo con un bacio, no non si era innamorato per via del bacio, lui aveva iniziato a sentire qualcosa per quel ragazzo quando il suo sguardo si era posato per la prima volta su di lui mentre ballava, il bacio aveva solo fatto capire che il suo cuore era stato incatenato senza poter avere più una via di fuga da quel ragazzo, l'aveva catturato senza fare niente se non un semplice sorriso.

T: **Dovrei togliermelo dalla testa, sono tornato un paio di sere in discoteca con la speranza di trovarlo, ma niente di tutto ciò è successo.**

Jm: **Non posso dirtelo io se dimenticarlo oppure no...**
Jimin si girò sentendo il campanello suonare segno che un cliente era entrato e quando vide chi era sorrise per poi tornare a guardare il suo amico che aveva ora lo sguardo sul soffitto.

Jm: **ma è il caso che tu serva il prossimo cliente io ho un impegno improvviso.**

T: **cosa? Aspetta Jimin non ho la voglia di lavorare.**
Jimin non diede retta al suo amico uscendo dal suo ufficio e dal locale lasciando il cliente lì da solo aspettando che qualcuno uscisse, con molta svogliatezza Taehyung prese e uscì dall'ufficio andando dietro il bancone tenendo lo sguardo basso verso le carte.

X: **Ti ho trovato.**
Quella voce non poteva essere vera, alzò il viso dai fogli portando il suo sguardo sul cliente e per poco non perse un battito, davanti a lui vi era proprio quel ragazzo che l'aveva tormentato nei sogni facendogli perdere la testa, facendolo innamorare solo con un sorriso.

T: **Mi hai trovato.**
H: **Quindi lavori qui?**
T: **In realtà è mio...**

Hyunjin sorrise per poi avvicinarsi al bancone poggiandosi con le braccia su di esso, non poteva mai immaginare che tra tante persone poteva trovare il ragazzo dei suoi sogni, tenne lo sguardo nel suo perdendosi nei suoi occhi color cioccolato spostandolo solo di qualche secondo sulle sue labbra, stessa cosa fece Taehyung perdendosi nel verde smeraldo dei suoi occhi.

T: **cosa posso fare per te?**

H: **baciarmi...**

Quella parola fece perdere un battito a Taehyung, Hyunjin si rese conto subito di ciò che disse portando una mano a nascondere le sue labbra scaturendo un ghigno nel moro.

H: **Volevo dire un tatuaggio dietro la schiena.**

T: **Hai già qualche idea?**

H: **Certo, voglio il mio segno zodiacale pesci uno nero e uno bianco che formano lo Ying e lo Yang con una frase scritta lungo la schiena che l'attraversa.**

T: **Che frase?**

H: **Il sorriso è mio ma chi me l'ha donato sei tu.**

Taehyung sorrise per quella frase così semplice ma con tanto significato dietro, prese un biglietto scrivendoci una data per poi dargliela.

T: **Preparerò il disegno e domani te lo mostro, qualsiasi cosa chiamami c'è il mio numero...**

H: **quindi solo per il tatuaggio ti posso chiamare?**

T: **No tu puoi chiamarmi anche per altro e in qualsiasi ora...**

Hyunjin sorrise, si sporse dal bancone lasciando un bacio al lato delle sue labbra per poi lasciare il negozio e un Taehyung imbambolato come un pesce lesso con il sorriso sulle labbra, prese subito i fogli e si mise al lavoro per realizzare il disegno che avrebbe poi tatuato sulla pelle di Hyunjin

4. Tatuaggio

Taehyung aveva passato tutta la giornata rinchiuso nel suo ufficio a preparare il disegno del tatuaggio per Hyunjin, non aveva messo neanche fuori il naso quando Jimin gli aveva detto che lo cercavano alcuni clienti, in quel momento non gli importava niente se non solo quel disegno voleva che fosse perfetto aveva persino passato la notte lì dentro addormentandosi la mattina presto con la testa sulla scrivania.

Jimin quella mattina era appena arrivato a lavoro stupito del fatto che il locale fosse già aperto andò dritto nell'ufficio di Taehyung che dormiva sulla scrivania sorrise trovandolo così, si avvicinò scuotendolo delicatamente aspettando che finalmente tornasse dal mondo dei sogni.

Jm: **Tae, svegliati e mattina.**

T: **Mmm lasciami dormire ancora cinque minuti Jimin…**

Jm: **Allora dovrò dire a Hyunjin di tornare più tardi visto che qua fuori.**

A sentire il suo nome Taehyung scattò in piedi facendo andare indietro la sedia uscì di corsa dall'ufficio cercandolo subito con lo sguardo ma non trovando nessuno, si girò a guardare Jimin che scoppiò subito a ridere vedendo come era conciato l'amico.

Jm: **Dio Tae dovresti guardare in che condizioni sei….**

T: **Idiota no aspetta idiota e poco sei un vero stronzo.**

Mentre i due continuavano a bisticciare nel negozio entrò proprio la persona nominata prima che guardava curioso i due ragazzi cercando di trattenere le risate per come erano messi entrambi, ai suoi occhi c'era un ragazzo che non conosceva sdraiato a pancia in giù con Taehyung seduto su di lui rivolto verso le gambe che gliele tirava.

T: **chiedi perdono idiota.**

Jm: **mai... Dovrai fare di peggio.**

T: **non sfidarmi nano posso fare di tutto.**

Hyunjin non riusciva più a trattenersi scoppiando in una fragorosa risata che lo fece piegare in due attirando l'attenzione dei due ragazzi, Taehyung subito si alzò mettendosi in ordine i vestiti mentre Jimin rimase a terra salutandolo con la mano.

T: **H-Hyunjin... Sei qui...**

H: **Già, ero curioso del disegno... Ma vedo che hai deciso di tatuartelo tu su una guancia**

T: **una guancia?**

Taehyung prese e andò nel bagno guardandosi allo specchio oltre il disegno che aveva sulla guancia aveva persino i capelli scompigliati, si sciacquò subito il viso e cercò di sistemarsi alla meglio che veniva i suoi capelli, uscì dal bagno raggiungendo i ragazzi fulminando Jimin che ridacchiava per poi rivolgersi a Hyunjin.

T: **scusa di solito non mi presento in questo stato...**

H: **non ti preoccupare, più tosto che ne dici se ti offro la colazione?**

T: **la colazione?**

Taehyung lo guardò sorpreso non si aspettava quella offerta da lui, Hyunjin si avvicinò prendendo la sua mano, gesto che Taehyung apprezzò più che volentieri.

T: **ci stai prendendo gusto a prendermi per mano**

H: **sembrerà strano ma mi piace prenderti per mano.**

Hyunjin gli sorrise non dandogli tempo di rispondere e tirò Taehyung fuori dal negozio lasciando un Jimin sempre più sorpreso.

Jm: **mi sa proprio che entrambi sono partiti.**

Taehyung stava sorridendo come un ebete per tutto il tragitto, continuava a guardare le loro mani unite e gli piaceva sempre più la sensazione che sentiva, quel ragazzo gli era entrato dentro con solo uno sguardo, gli aveva scaturito emozioni che non provava da molto con un bacio, gli aveva fatto battere il cuore quando non cercava niente e nella sua testa voleva solo una cosa averlo non solo per una notte ma sempre, si fermò facendo fermare anche la corsa di Hyunjin che si girò subito a guardarlo.

H: **tutto bene?**

T: **Hyun ascolta... Io vorrei che ci fossero altre colazioni, ma non solo anche pranzi e cene, voglio conoscerti.**

Hyunjin rimase sorpreso di sentire come l'aveva chiamato, sorrise avvicinandosi a lui lasciando un delicato bacio sulla guancia.

H: **allora perché non iniziare da adesso? Prendiamola come la prima uscita.**

Taehyung mise le mani sui suoi fianchi avvicinandolo di più.

T: **devo aspettare che finisca l'uscita per baciarti allora?**

H: **logico e se farai il bravo non solo un bacio forse anche due.**

Hyunjin levò le mani di Taehyung dai sui fianchi allontanandosi da lui, si leccò il labbro per poi dargli le spalle e camminare verso il bar, Taehyung non si perse né il movimento della sua lingua né il suo fondo schiena mordendosi il labbro inferiore cercando di trattenersi da qualsiasi stronzata stesse pensando la sua testa, quel ragazzo era una tentazione continua anche se non faceva niente. Passarono l'intera mattinata a parlare, ridere e prendersi in giro su tutto, Hyunjin era la prima volta che si trovava così in sintonia con una persona e con lui veniva spontaneo sorridere ma non quei sorrisi di cortesia ma uno vero.

Erano ritornati al negozio e Hyunjin stava guardando da minuti il disegno ed era perfetto sorrise a Taehyung.

T: **ti piace?**

H: **se mi piace? Taehyung è perfetto quando cominciamo?**

T: **possiamo iniziare anche subito se non hai impegni.**

H: **nessun impegno sono tutto tuo.**

T: **bene allora togli la maglia e stenditi sul lettino.**

Hyunjin arrossì lievemente ma fece come detto togliendosi la maglia sotto lo sguardo di un Taehyung ancora più affamato di lui, si stese sul lettino a pancia in giù osservando il ragazzo tramite lo specchio.

Taehyung stava facendo ammenda a tutta la sua forza di volontà per non saltargli addosso prese lo stampo del disegno e si avvicinò al lettino poggiandolo sulla schiena di Hyunjin facendolo aderire per bene, mentre passava la mano lungo la schiena del ragazzo osservava ogni piccolo particolare, notò una cicatrice sulla sua spalla ci passò il dito delicatamente.

H: **sono caduto da piccolo mentre giocavo.**

Taehyung sorrise continuando a osservare la sua schiena, notò anche una voglia che sembrava una piccola stella anche su quella passò delicatamente il dito scaturendo in Hyun un brivido avendo le dita fredde.

T: **scusa... Adesso inizio se ti faccio troppo male dimmelo e mi fermo.**

H: **ok.**

Fece un profondo respiro Taehyung concentrandosi su quello che doveva fare, poggiò la sua mano sulla sua schiena e con calma iniziò a tracciare con la macchinetta il disegno. Era talmente concentrato che non si rese conto neanche che Hyunjin lo stava guardando tramite lo specchio, osservava ogni suo movimento portando lo sguardo poi sul suo viso, osservava i suoi lineamenti così perfetti, come si mordeva il

labbro mentre disegnava, era talmente preso dal guardarlo
che il dolore che stava provando era niente e ringraziava che
aveva una soglia per sopportare il dolore alta.
C'era voluto quasi tutta la giornata per fare almeno solo i
contorni Taehyung era soddisfatto del suo lavoro fece alzare
Hyunjin portandolo vicino lo specchio.

T: **fatto e devo dire che ti dona.**

H: **mi piace molto ti ringrazio...**

T: **accetto i ringraziamenti solo se la prossima volta ci
vediamo per cena.**

H: **che cena sia... Ma... Ora posso avere un'altra cosa?**

Taehyung lo prese per i fianchi ancora nudi stringendoli
avvicinandolo a lui.

T: **cosa vuole signorino?**

Hyunjin portò una mano dietro la sua nuca intrecciando i
suoi capelli con le dita e l'altra sulla sua spalla stringendola.

H: **un bacio.**

T: **solo uno.**

Taehyung ghignò per poi dimezzare la distanza tra le loro
labbra iniziando un bacio lento assaporando quelle labbra
che aveva desiderato per molti giorni, picchietto con la
lingua sul suo labbro e appena Hyunjin le schiuse inoltrò la
lingua tra le sue labbra carnose andando a intrecciare con la
sua scaturendo mille brividi lungo la schiena a entrambi i
ragazzi, sembrava come se fosse la prima volta che si
baciavano scaturendo in loro sempre mille emozioni,
avvicinò di più a sé il corpo di Hyunjin facendo aderire i loro
petti, voleva abbracciarlo ma doveva fare attenzione al
tatuaggio e non fargli male, si staccò dopo poco dalle sue
labbra poggiando la fronte alla sua.

T: **mi stai mandando il cervello in palla.**

H: **e una cosa buona o brutta?**

T: **dovrei pensarci un po' su...**

H: **forse posso darti una mano a pensarci meglio.**
Hyunjin iniziò a baciare dalla sua mandibola fino al collo cominciando a lasciare dei lievi baci umidi prendendo poi un lembo di pelle iniziando a succhiare, Taehyung strinse i suoi fianchi beandosi di quelle labbra che lo stavano facendo impazzire e risvegliare.

T: **Ok... È una cosa buona, ma se non la smetti rischi che ti prendo e ti sbatto qui fregandomene altamente che di là c'è Jimin con qualche cliente.**
Il castano si staccò dal suo collo osservando il marchio appena fatto sorridendo.

H: **per quello dovrai aspettare... Ma sappi che mi piace giocare sporco.**
T: **allora hai trovato pane per i tuoi denti piccolo.**
Taehyung sussurrò al suo orecchio mordendo poi il lobo, si allontano per prendere la crema, facendo girare Hyunjin iniziando a spalmarla e poi coprire.

T: **ecco fatto, ora metti la maglia.**
H: **quanto ti devo?**
T: **per stavolta niente, prendilo come un regalo da parte mia.**
H: **Non se ne parla, voglio pagarti Tae mi farai un altro regalo ma questo no, hai sprecato tempo e materiale quindi ti pago.**
Hyunjin si mise la felpa e poi tirò fuori il portafoglio uscendo dalla stanza raggiungendo Jimin che si trovava al bancone.

Jm: **ehy finito?**
H: **si mi devi dire quanto pago visto che il tuo amico non vuole.**
Jimin guardò Taehyung che cercava con lo sguardo di dirgli di no, ma non gli diede retta e fece pagare Hyunjin che si girò verso Taehyung sorridendogli.

H: **ci sentiamo aspetto una tua chiamata o un messaggio,
tanto ho lasciato il mio numero.**

T: **contaci non perderò tempo nel farlo.**

Hyunjin sorrise si avvicinò a lui e gli lasciò un bacio a
stampo per poi lasciare il negozio, Taehyung continuava a
guardare la porta sorridendo.

Jm: **quindi lo porti a cena?**

T: **riguardo a questo... Dio non so dove portarlo Jimin, non
so neanche i suoi gusti... Mi devi aiutare.**

Jm: **sono sicuro che Hyunjin non sia un ragazzo da cose
costose ma un ragazzo semplice, gli piacerà anche una cena
al McDonald's fidati, segui il tuo cuore e ti aiuterà a
scegliere.**

T: **Dio sono così nervoso, mi sembra di essere alla mia
prima cotta.**

Jm: **ahaha sì forse è veramente la tua prima cotta sincera
amico mio.**

T: **non mi sono mai sentito così prima d'ora, quel ragazzo
mi sta facendo provare cose che mai ho provato neanche
con il mio ex, è bastato uno sguardo e un bacio.**

Jimin sorrise alle parole del suo amico, gli diede una pacca
sulla spalla prendendo le sue cose.

Jm: **ci vediamo domani amico.**

T: **notte Jimin a domani.**

Taehyung prese il numero di Hyunjin che aveva segnato
osservandolo per poi mandare un semplice messaggio.

@Hyun
Domani sera ti passo a prendere.

Sorrise prese le sue cose chiudendo il negozio tornando a
casa felice.

5. La prima volta.

Era super nervoso e lo si poteva notare perché aveva
svuotato mezzo armadio continuando a lamentarsi da quasi
tutta la mattina con la madre che una volta superato il limite
l'aveva spinto nell'armadio chiudendolo dentro, non
servirono a niente le urla per farlo uscire lo tenne rinchiuso lì
dentro fino all'arrivo di Felix che non appena aveva capito
cosa fosse successo scoppiò a ridere ricevendo parole da
Hyunjin da dentro l'armadio, per fortuna dopo poco fu
liberato ma solo perché la madre era uscita per andare a
lavoro.

Felix: **allora... Tutto questo macello da cosa e dipeso?**

H: **Ho un appuntamento con Taehyung... E non so cosa
mettere.**

Felix: **non ti ha detto niente?**

H: **no zero, nada de nada, tabula rasa...**

Felix: **ok ok ho capito, il tuo amico è qui per aiutarti, cosa
vuoi indossare?**

H: **qualcosa di semplice ma al tempo stesso elegante, però
con quella nota sexy.**

Felix: **ok vai nudo e fai prima.**

Felix scoppiò a ridere ricevendo da Hyunjin uno sguardo
che diceva: se non la fai finita ti staccò le palle e te le faccio
mangiare.

Felix: **Dai non mi guardare così ci penso io adesso, tu
preparati che usciamo si va dal parrucchiere.**

H: **per fare?**

Felix: **lo vedrai su su.**

E anche se controvoglia Hyunjin si vestì indossando una tuta
e uscendo con Felix direzione parrucchiere.

Una volta arrivati fu Felix che prese in mano la situazione spiegando tutto al parrucchiere ma tenendo tutto segreto al suo amico sapendo che lui era curioso.

Dall'altra parte anche Taehyung non era messo bene per sua fortuna non aveva nessuno che lo buttasse nell'armadio, ma aveva un amico che invece di aiutarlo continuava a prenderlo in giro per il suo nervoso e che sembrasse una ragazzina in piena crisi da primo appuntamento.

Jm: **Ti giuro sei una comica, vi siete baciati e per poco non te lo facevi al negozio e ora stai facendo la ragazzina al primo appuntamento.**

T: **smettila di prendermi in giro e aiutami stupido...**

Jm: **io ti aiuterei con molto piacere ma dimmi almeno l'outfit che pensavi.**

T: **se lo sapevo non ti chiedevo aiuto no?**

Jm: **va bene signorina ragazzina ci penso io a renderti stupendo per il tuo fidanzatino.**

T: **giuro appena sarà finita ti farò a pezzetti e poi ti cucino.**

Jm: **mangeresti carne buona.**

Non poteva farci niente Jimin era sempre stato così anche da piccoli riusciva a farlo rilassare, il loro rapporto non era iniziato proprio nel migliore dei modi Taehyung era un piccolo bulletto che dava fastidio a ogni ragazzino a scuola mentre Jimin era il classico angioletto, due caratteri e modi differenti ma che li aveva uniti.

Taehyung non aveva una bella famiglia il padre violento e la madre alcolizzata quindi stava crescendo con ideali e modi di fare sbagliati ma fu Jimin a scoprire il suo segreto seguendolo un giorno per capire perché quel ragazzino fosse così, vedendo tutto ciò prese la decisione di aiutarlo e lo fece non arrendendosi neanche quando Taehyung aveva provato ad allontanarlo usando la forza, fu lì che il moro capì che Jimin sarebbe stato la sua spalla e il suo migliore amico.

T: **Non potrei mai mangiare della carne insipida come te.** Gli fece la linguaccia andandosi a chiudere nel bagno lasciando il biondo che se la rideva mentre preparava i vestiti che si sarebbe messo l'amico.

Taehyung si trovava sotto il palazzo di Hyunjin ad aspettarlo appoggiato alla macchina, alla fine grazie a Jimin aveva trovato il suo outfit perfetto un pantalone nero e una camicia bianca con i primi bottoni aperti con sopra una giacca nera, aveva perso tutto il pomeriggio per sistemare i capelli che alla fine aveva optato per lasciarli un po' mossi, si notava lontano un miglio che aveva l'ansia a mille continuando a muovere la gamba come se avesse la tremarella ma si bloccò non appena da quel portone uscì il ragazzo che stava aspettando rimanendo a bocca aperta, lo squadrò da capo a piedi e quei pantaloni neri di pelle lo fasciavano così dannatamente bene che metteva in mostra le su curve, una camicia rossa trasparente il giusto con dei ricami di foglie aperta i primi bottoni, ma la cosa che lo lasciò senza parole furono i suoi capelli prima castani e ora biondi.

Hyunjin non era da meno mentre guardava Taehyung da capo a piedi notando quanto fosse un bel ragazzo e sicuramente non avrebbe retto i suoi propositi di non saltargli addosso.

H: **ciao.**

T: **eh... Ah si ciao, scusa ma apparte gli abiti che sono wow... I tuoi capelli... Mi piaci scuro ma anche così non sei male.**

H: **Quindi sono solo non sono male?**

Hyunjin si avvicinò a Taehyung portando una mano sul suo collo scendendo con le dita lungo la pelle scoperta della camicia, il moro sospirò al suo tocco sapendo che sarebbe stata una serata molto ma molto difficile da trattenersi nel non saltargli addosso.

H: **Tutto bene?**

T: **se tutto bene intendi che mi sto trattenendo dal saltarti addosso allora sì tutto bene.**

Taehyung ridacchiò portando le mani sui fianchi del biondo avvicinandolo a sé facendo aderire i loro petti.

T: **dai salì oggi ti porto in un posto speciale.**

H: **va bene mi fido di te.**

Hyunjin gli lasciò un bacio lieve sulle labbra che venne subito ricambiato, era strano come poco prima entrambi erano nervosi e pieni di ansia per quell'incontro e non appena i loro sguardi si erano incontrati tutto sparì, il biondo sorrise salendo poi in macchina, Taehyung sorrise di rimando entrando in macchina mettendo subito in moto, lungo il tragitto entrambi non facevano altro che ridere e cantare, stuzzicarsi un po' per poi perdersi nei loro sorrisi ogni volta che si fermavano a un semaforo.

Dopo mezz'ora Taehyung aveva fermato la macchina davanti una spiaggia fuori città, era deserta e solo le stelle con la luna facevano da sfondo a tutto.

T: **Non sapevo cosa ti piaceva ma avevo pensato che qui ti sarebbe piaciuto.**

Si girò a guardare Hyunjin che ancora non aveva aperto bocca e teneva lo sguardo davanti a sé.

T: **sapevo che era una stupidaggine ti porto in un ristorante…**

Hyunjin si girò di scatto fermando subito Taehyung dal partire prendendogli il viso tra le mani guardandolo negli occhi.

H: **Non è una stupidaggine Taehyung, questa è la cosa più bella che qualcuno abbia fatto per me...**
E ora solo una cosa voglio...
Che tu mi baci,
Che mi baci la fronte, il collo ma soprattutto le labbra.
Baciami fino a strapparmi l'anima,
baciami e non staccarti mai.
Baciami.

Taehyung lo guardò negli occhi perdendosi nel suo verde, nessuno gli aveva mai detto certe parole, ma mai parole l'avevano colpito così come quelle appena pronunciate dal biondo, non gli interessava più aspettare o trattenersi, lo voleva così tanto che fu lui ad azzerare la distanza posando le sue labbra su quelle di Hyunjin in un bacio lento assaporandole, le succhiò e le morse voleva consumarle, si staccò solo un attimo dalle sue labbra per sporsi e fare tutto indietro il sedile e abbassarlo, mise le mani sui fianchi di Hyunjin portandolo a cavalcioni sulle sue gambe impossessandosi di nuovo delle sue labbra stavolta approfondendo il bacio inoltrando la lingua intrecciandola con la gemella, Hyunjin spinse indietro il moro facendo aderire la sua schiena con il sedile continuando a baciarlo portando le mani tra i suoi capelli stringendoli lasciò dopo poco le sue labbra per guardarlo negli occhi.

H: **Tae... So che forse stiamo bruciando tutte le tappe e dovevamo andare con calma...**
T: **bruciamole e basta perché non riesco più a trattenermi e di certo tu non aiuti.**

Hyunjin sorrise lasciandogli un bacio leggero sulle labbra spostandosi sul collo prendendo dei lembi di pelle succhiandoli, Taehyung portò le mani sotto la sua camicia andando ad accarezzare i suoi fianchi nudi stringendoli lasciando uscire un ansimo quando Hyunjin cominciò a muoversi sulla sua erezione ancora coperta.

Il biondo cominciò a sbottonare la camicia del moro scendendo con le labbra sul suo petto scoperto prendendo un capezzolo tra le labbra succhiandolo passando la lingua attorno, Taehyung portò una mano tra i biondi capelli intrecciandoli con le sue dita portando lo sguardo sul ragazzo osservando i suoi movimenti, si morse il labbro impazzendo per quelle labbra che l'avevano fatto innamorare da subito, il biondo lascio il suo capezzolo scendendo con la lingua tracciando una linea bagnata fino all'ombelico si mise tra le gambe del moro alzò il viso per guardarlo negli occhi iniziando a sbottonargli i pantaloni.

T: **piccolo tu mi farai impazzire.**

H: **non sto facendo assolutamente niente.**

Disse mentre si leccò il labbro inferiore abbassandogli i pantaloni iniziando a lasciare dei baci nel suo interno coscia salendo fino ai boxer del moro lasciando dei baci sulla sua erezione da sopra la stoffa, Taehyung guardava ammaliato con occhi pieni di lussuria e fame di lui e delle sue labbra ogni suo movimento volendo sempre di più sentire le sue labbra avvolgerlo e come se Hyunjin avesse letto i suoi pensieri gli abbassò i boxer avvicinando le labbra alla sua erezione, tirò fuori la lingua iniziando a passare attorno alla sua cappella circolarmente mentre con una mano prendeva la sua erezione iniziando a muoverla lenta.

Taehyung strinse di più i capelli del biondo iniziando a gemere lieve incitandolo a dargli di più e così fece il biondo iniziando ad avvolgere la sua erezione con le sue labbra scendendo lento e succhiando tenendo lo sguardo in quello del moro arrivando a toccare con labbra la base della sua erezione, Taehyung gemette portando indietro la testa sentendo il calore della sua bocca donandogli quel piacere che non sentiva da tanto tempo, stava morendo mentre osservava come si muoveva su e giù con la testa e continuava a succhiare, lo lasciò fare per un po' ma anche se amava le sue labbra lui desiderava di più, desiderava entrare in lui e sentire il piacere delle sue carni che l'avvolgevano

T: **piccolo… Le tue labbra… Ma ora ti voglio, voglio sentire il calore delle tue carni avvolgermi.**

Taehyung disse quelle parole gemendo mentre Hyun continuava a torturarlo staccandosi per guardarlo, si sbottonò i pantaloni iniziando a togliergli insieme ai boxer per poi rimettersi seduto a cavalcioni su Taehyung il quale si leccò le labbra mentre lo guardava portando le mani ad accarezzare le sue gambe nude salendo fino alle sue natiche stringendole e allargandole scaturendo in Hyunjin dei brividi di piacere sentendo le sue mani calde toccarlo.

H: **Ogni tuo desiderio è un ordine.**

Hyunjin si leccò le labbra si alzò di poco posizionando l'erezione di Taehyung alla sua entrata cominciando a scendere lento portando indietro la testa lasciandosi uscire un gemito strozzato, non si era preparato e faceva male ma non gli importava perché sapeva che presto sarebbe diventato piacere, una volta portando fino in fondo portò le mani sul petto di Taehyung iniziando a muoversi con movimenti lenti su e giù tenendo lo sguardo in quello del moro.

Taehyung non si aspettava quel gesto strinse con forza la sua natica gemendo per la strettezza e il calore delle sue carni che l'avvolgeva facendolo gemere di piacere, portò la mano libera tra i biondi capelli stringendoli e facendo abbassare il biondo catturando le sue labbra baciandole, succhiandole e mordendole gemendo su di esse muovendosi andando incontro ai movimenti di Hyunjin con stoccare lente ma forti andando a toccare la sua prostata di continuo.

Hyunjin gemette tra le sue labbra stringendo i suoi capelli, stava provando un piacere immenso che mai aveva provato neanche nelle notti di solo sesso che aveva avuto in precedenza, con lui era un'altra cosa, con lui c'era passione ma anche amore, vi era quel fuoco che ti accende e ti brucia dentro donandoti solo piacere e tutto grazie a quel ragazzo che ora si spingeva in lui, quel ragazzo che l'aveva da subito rapito con uno sguardo, quel ragazzo che aveva iniziato ad amare da subito.

Si baciarono, si toccarono, entrambi stavano provando qualcosa che mai avevano provato con altri lasciando che i loro baci e le loro carezze, i loro gemiti parlassero per loro dichiarandosi quell'amore che era nato con poco arrivando all'apice del piacere gemendo i loro nomi.

Hyun si appoggiò su Taehyung che subito lo strinse a sé lasciandogli dei baci tra i capelli riprendendo fiato.

T: **brucio un'altra tappa... Vuoi essere il mio ragazzo?**

H: **bruciamola e basta... Si.**

Rimasero lì abbracciati a godersi ancora il calore l'uno dell'altro.

6. Ti cerco

Oggi.

POV Hyunjin

Sono seduto qui al tavolo mentre osservo gli invitati che ci sorridono e ogni tanto ci fanno gli auguri, sorrido ma non per questo momento ma perché il ricordo di quella notte ancora vive in me, sembrerà strano ma sento ancora il calore delle tue mani sulla mia pelle, i tuoi baci, ricordo ogni parola detta, tu ricordi ancora tutto? Ricordi il dopo che ci siamo seduti sul cofano mangiando dei panini che avevi preso al McDonald's ormai freddi ma non ci importava eravamo insieme e ridevamo, finito di mangiare ci siamo messi a correre come due ragazzini sulla riva schizzandoci non rendendoci conto che il cielo si era fatto scuro iniziando a piovere ma anche in quel momento non ci importava ci stavamo divertendo, ci baciammo mentre la pioggia continuava a cadere su di noi lasciandoci ancora un altro ricordo che il mio cuore conserva.

Vengo svegliato dai miei pensieri sentendo la sua mano sulla mia gamba, mi giro a guardarlo mostrando di nuovo uno di quei sorrisi falsi che io ho sempre odiato, mi chiedo se lui lo sappia che sto solo fingendo, come mi chiedo se i nostri amici l'abbiano notato ma mi giro a guardarli che mi sorridono, no loro non hanno mai capito e non perché non ci tengono a me ma perché tu eri l'unico a saperlo fare, ti bastava uno sguardo e sapevi già il mio umore, i miei desideri, strano come adesso mi trovo qui a chiedermi se tu sai ancora leggermi dentro ma evidentemente neanche tu sai più farlo sennò avresti visto il mio dolore, avresti capito che chiedevo soltanto che tu mi prendessi e portassi via, sono uno stupido a volere ciò quando tutto questo e stato a causa mia.

Mi porge la mano e mi conduce al centro della pista sento la sua poggiata dietro la schiena e subito sento la differenza tra la sua e la tua mano, la sua è più piccola e fredda mentre la tua e grande e calda, lo guardo negli occhi cercando qualcosa che possa ritratti in lui ma niente è come te, i suoi occhi sono azzurri mentre i tuoi sono color cioccolato intenso ho sempre amato perdermi nei tuoi occhi mentre mi guardavi, porto lo sguardo sulle sue labbra e lui nota questa cosa dandomi un bacio, le sue labbra sono ruvide e carnosi mentre le tue erano sottili ma morbide amavo le tue labbra su di me e quello che mi provocavano, che stupido ti cerco con lo sguardo sapendo che tu non ci sei, ti cerco nei piccoli gesti, ti cerco in ogni particolare, ma tu non sei qui, non sei tu l'uomo che ho davanti e che mi stringe, che mi sta baciando.

Taehyung dove sei? Perché non sei qui? Avevi promesso, tu hai sempre mantenuto le promesse ma forse questa è stata troppo anche per te, se solo avessi avuto il coraggio di dirti la verità invece che scappare forse ora non starei qui con una persona che non amo ma con te, forse starei ancora baciando le tue labbra e non quelle di un uomo che mi ha rovinato, forse avrei avuto quel lieto fine che volevo.

Sento due mani che mi prendono il viso sono quelle di mia madre, quelle della donna che mi ha aiutato in quel periodo nero, quella donna che anche se non voleva ha tenuto il segreto su ciò che ho passato, ma tu capirai se un giorno ti dirò la verità oppure ti allontanerai? Non ha importanza ormai che le nostre strade sono divise, non saprai mai niente terrò quel segreto dentro di me tenendoti al sicuro.

Mia madre mi abbraccia e le sue parole mi entrano dentro pugnalando il mio cuore che già sanguina.

*Madre: **Un giorno sarai felice figlio mio, tieni i vostri ricordi come un tesoro e vivi per lui.***

Felice? Come posso esserlo se tu non sei con me? Se tutto ciò che avevo di bello mi è stato tolto? Come posso vivere per te se so già che non possiamo più stare insieme?

Mille domande a cui non riesco a dare una risposta mentre asciugo le mie lacrime e torno a sedermi a quel tavolo sentendomi solo.

POV Taehyung

Quella notte amore mio fu una delle più belle che io abbia passato nella mia vita, averti tra le mie braccia, sentire il calore della tua pelle nuda, i tuoi gemiti, dio ancora oggi sento tutto come se fossi qui con me, porto due dita sulle labbra sentendo ancora il tuo sapore e la morbidezza delle tue labbra che mi baciano sulle labbra, su tutto il corpo donandomi piacere, chiudo gli occhi lasciando che quella notte ritorni a galla facendomi ricordare anche quel bacio dato sotto la pioggia e di come non ci importava niente di tutto il resto, eravamo due ragazzini che stavano vivendo il loro amore, si perché era ciò che provavo amore.

Tu ricordi ancora quella notte? Ricordi ancora ciò che abbiamo provato? Ricordi oppure adesso non esisto più nei tuoi pensieri? Mi alzo e raggiungo la macchina guidando fino a casa, sai una volta lì pensavo di trovarti ad aspettarmi ma tu non ci sei, non ci sei più ad accompagnare le mie giornate, entro in questa casa che ora mi sembra così fredda e senz'anima, mi guardo attorno e in ogni luogo dove volgo il mio sguardo mi ricorda te, le serate mentre mi impegnavo a cucinare per farti una cena ma finiva sempre che bruciavo tutto, ma tu mi sorridevi aiutandomi senza mai dire niente, quel tavolo dove non solo mangiavano ma finiva per essere il nostro letto in quelle notti dove bisticciavamo.

Mi siedo sul divano che ancora ha quella macchia di vino che avevi causato mentre ridevamo per una mia gaf a lavoro che tu avevi coperto con una coperta, sorrido mentre quella sera mi torna in mente passando la mano sulla macchia ma sparisce presto quanto mi rendo conto che rimarrà solo un ricordo e niente più.

Che patetico che sono ti cerco ancora tra queste mura che sanno ancora di te, erano calde queste mura quando tu c'eri, tutto era caldo con te eri diventato il mio sole, eri diventato tutto ma ora non sei più niente perché tu sei di un altro, sei diventato il sole di un altro.

Sento suonare il campanello e nel mio cuore una piccola speranza che fossi tu si accese, corsi ad aprire ma svanì subito quando invece di te c'era il mio miglior amico vestito di punto che mi guardava con un debole sorriso, non disse niente e mi abbracciò io ricambiai subito lasciando che le lacrime scendevano di nuovo, lasciando che tutto il dolore che mi stavo portando dentro uscisse fuori accasciandomi a terra, sentivo le braccia di Jimin reggermi e accarezzarmi i capelli, sentivo come anche lui avesse cominciato a piangere vedendomi in quello stato.

    Jm: **un giorno amico mio sarai felice, lui sarà sempre il tuo ricordo migliore custodiscilo e vivi per lui.**

Felicità? Non so più cosa sia la felicità da quando non ci sei più, tu lo sei Hyunjin? Sei realmente felice di tutto questo? Vorrei poterti guardare negli occhi e poter leggere come un tempo ciò che provi ma non ho più questo diritto ora c'è lui, vorrei tenerti tra le mie braccia ma anche qui non ho più il diritto di farlo, vorrei baciarti ancora una volta ma non posso.

So che adesso sbaglierò lo so perfettamente ma la mia testa non ragiona e faccio ciò di cui mi pentirò prendo il viso del mio amico e lo bacio, non uno di quelli che davo a te ma uno bisognoso, bisognoso di dimenticare le tue labbra e il tuo sapore, ho bisogno di questo e lui lo sa lasciandomi fare mi lascia il comando di quel bacio, le sue labbra sono carnose e morbide come le tue, ma non sanno di te queste sanno di pesca, che stupido sto paragonando le vostre labbra e il vostro sapore, sto per andare oltre ma mi fermo avendo trovato un po' di lucidità ma solo perché ho visto il tuo viso, lui mi sorride e mi fa alzare mi porta in camera e mi aiuta a spogliarmi mettendomi sotto le coperte, sembro un bambino in questo momento eppure non mi lamento, mi lascia da solo e io rimango lì a guardare il soffitto con il tuo viso che mi accompagna.

7. Casa

Anni prima.

Le settimane passavano così come i mesi e tutti i loro amici si meravigliarono di come anche se da poco tempo entrambi i ragazzi fossero così uniti, sembrava che la loro fosse una relazione che durava da anni ed era bello osservarli nei loro momenti di scherzo o d'istigazione, le persone più felici di vederli così erano Jimin e Felix che non perdevano occasione per prenderli in giro facendosi delle grosse risate per il borbottio di Hyunjin e le fulminate che gli lanciava Taehyung ma questo non li fermava.

Erano tutti e quattro a casa di Hyunjin in quel momento seduti attorno al tavolino a organizzare una piccola vacanza estiva, avevano deciso di fare una settimana al mare e stavano decidendo la destinazione.

Felix: **dai andiamo qui so che nelle vicinanze c'è anche un parco acquatico.**

Jm: **per me va bene se non erro c'è anche una discoteca niente male.**

T: **guardate che dobbiamo andare in vacanza non che devo farvi da baby Sitter.**

H: **dai amore dobbiamo aiutarli a trovare un ragazzo.**

T: **tu e io non abbiamo avuto bisogno di loro, perché ora dovrei aiutarli?**

Jm: **perché sono il tuo miglior amico**

Felix: **e io lo sono di Hyun quindi devi.**

Taehyung sbuffò mentre gli altri tre scoppiarono a ridere ma sapevano bene che il moro li avrebbe tenuti sotto controllo,

volendo o no ci teneva a loro, amava Hyunjin e voleva bene
a quelle due teste rape di Felix e Jimin, passarono la giornata
a parlare cenando insieme alla madre del biondo finendo poi
tutti e quattro ad addormentarsi chi sul divano e chi sul
tappeto.

Dopo quella sera passarono altri giorni arrivando finalmente
alla partenza per la tanto agognata vacanza, erano partiti con
la macchina di Taehyung alle due di notte per evitare il
traffico e perché la località scelta era molto distante, alla
guida c'era proprio il moro essendo quello che teneva di più
e non c'era pericolo che crollasse per il sonno Hyunjin era al
suo fianco che aveva deciso di rimanere sveglio mentre i loro
due amici erano crollati non appena messo piede in
macchina, Taehyung li guardò dallo specchietto
ridacchiando per come erano abbracciati in quel momento.

    T: **potrebbero mettersi insieme loro due starebbero bene
no?**

    H: **Sì secondo me sì, ma non possiamo forzare le cose.**

    T: **Hai ragione amore, riposa anche tu.**

    H: **voglio farti compagnia non ti voglio lasciare da solo
mentre guidi.**

Taehyung sorrise e prese la sua mano portandola alle labbra
lasciando un bacio sul dorso, la continuò a tenere stretta
anche mentre cambiava le marce, con il tempo il moro si era
reso conto che anche se non era tipo da smancerie con
Hyunjin gli veniva naturale farle, prima con le vecchie storie
veniva tutto così meccanizzato quasi obbligato con certe
smancerie persino davanti alle persone, non gli piaceva
mostrare quel lato di lui davanti a gli altri lo faceva sembrare
debole e si vergognava eppure da quando era con il biondo
non gli importava se erano in mezzo agli amici oppure per la
strada gli veniva tutto spontaneo, anche perché si divertiva a

vedere il suo ragazzo diventare rosso per l'imbarazzo nascondendosi con il viso tra i capelli o dietro le mani, quello era il suo Hyunjin un misto di tante cose che lui amava.

H: **quando arriviamo a metà via però ti do il cambio.**
T: **Non se ne parla piccolo, mi riposerò mentre voi andate a fare shopping o in piscina.**
H: **Tae però…**
T: **niente però ora riposa a metà via ti chiamo che mi fermo e scendiamo a fare colazione.**

Hyunjin strinse la mano di Taehyung girandosi con l'intero corpo verso di lui, sapeva che era inutile parlare con lui per convincerlo non l'avrebbe ascoltato, ma era una parte che amava del moro, a dirla tutta amava ogni piccola parte che lui gli mostrava sia nella normalità che in quella tra le mura della camera da letto, era un mix di molte cose per lui Taehyung, aveva quel lato stronzo che amava da impazzire specialmente quando doveva istigarlo, aveva quel lato dolce che mostrava a piccole dosi ma gli andava bene, aveva quel lato triste che poche volte aveva mostrato cercando di nasconderlo anche a sé stesso, aveva tanti pregi e difetti ma per Hyunjin lui era perfetto, se un giorno gli avrebbero dato la possibilità di cambiare qualcosa nel moro lui l'avrebbe tenuto così com'era, perché era di questo Taehyung che si era innamorato.

Mentre continuava a osservare Taehyung perso nei suoi pensieri si addormentò alla fine e quando il moro se ne accorse fermandosi a un semaforo si girò a guardarlo sorridendo lasciandogli una carezza, gli piaceva osservarlo mentre dormiva, gli piaceva sentire il suo respiro leggero sulla sua pelle e quel suo leggero russare, come gli piaceva vederlo con la bocca un pò aperta e quella sottile linea di bavetta che si creava, molte mattine gli piaceva prenderlo in giro per quel motivo ritrovandosi Hyunjin che si arrabbiava, ma per Taehyung era la normalità di stare insieme di amare una persona per ogni suo pregio e difetto.

Aveva passato il restante delle ore nel silenzio più assoluto coperto solo dal russare dei suoi due amici fino a quando non avevano deciso di svegliarsi ricevendo subito una minaccia da parte del moro di fare poco rumore che Hyunjin ancora dormiva.

Felix: **Tae… Ormai è un bel pò di tempo che tu e Hyun state insieme non sarebbe ora che fate quel passo?**

Jm: **Infatti tanto sono più le volte che dormite insieme che ognuno nel suo letto.**

T: **ci stavo pensando da un paio di giorni effettivamente, vorrei chiederglielo ma ho paura di affrettare troppo.**

Jm: **Ora ti preoccupi di affrettare? Voi due avete bruciato ogni tappa possibile.**

Felix: **Vero e poi conoscendo Hyun farebbe quel passo solo con te, da quando state insieme lui sorride veramente, tutto di lui sorride, non l'ho mai visto così felice come lo è con te.**

T: **davvero?**

Felix: **Tutto vero, ha avuto altre relazioni ma mai nessuna lo ha reso così, tu sei stato la sua luce.**

Taehyung guardò Felix dallo specchietto ricevendo un sorriso sincero dal ragazzo, le stesse parole dette dall'amico gliele aveva dette anche la madre del biondo, guardò un attimo con la coda dell'occhio Hyunjin che ancora dormiva sorridendo.

T: **Su una cosa ti sbagli Felix e lui che mi ha reso felice donandomi quel calore che non avevo ricevuto mai.**

Jm: **Ehy mi offendo cosi.**

Jimin ridacchiò ma sapeva bene cosa voleva dire Taehyung, Hyunjin l'aveva salvato da quel pozzo senza fondo in cui stava entrando il suo amico.

T: Idiota... Sai Felix in realtà è stato lui a salvarmi da un momento dove non vedevo via d'uscita se non solo l'oscurità che si stava creando attorno a me, stavo iniziando ad avere compagnie sbagliate e fare cose sbagliate solo per scappare da quella vita che si era creata attorno a me... Ma poi ho visto lui, mi è bastato uno sguardo e tutto sembrava aver preso una luce diversa, lui è stato la mia luce.

Felix: è strano sentirti parlare così a cuore aperto ma sono felice che vi siate incontrati.

Jm: Vero mi piace come state insieme siete fatti l'uno per l'altro.

H: di cosa parlate siete rumorosi...

Hyunjin sbadigliò aprendo gli occhi portandoli subito sul suo ragazzo e i suoi amici, in realtà aveva fatto finta di dormire e aveva sentito ogni parola del moro ma fece finta di niente.

Jm: Parlavamo di come russi.

H: io non russo.

Felix: si russi di brutto.

Taehyung ridacchiò grato a quei due amici di aver cambiato discorso, passarono il resto del viaggio con i ragazzi che prendevano in giro Hyunjin e il moro che rideva di gusto, avevano fatto solo una piccola fermata per riempire i loro stomaci dal continuo brontolare e anche perché erano stanchi di sentire Jimin lagnarsi ogni tre per due che aveva fame, ma alla fine quel viaggio in macchina era solo pieno di sorrisi, sorrisi di quattro amici che si prendevano in giro a vicenda, sorrisi di due ragazzi innamorati che amavano tutta quella tranquillità e quella normalità che sapeva di casa, perché quello erano i due ragazzi, quella casa che ti avvolge con il suo calore, quella casa che ti accoglie con un sorriso quando tutto sembra sprofondare, quella casa che ti fa stare bene, Taehyung aveva parcheggiato e tutti stavano per scendere ma fermò subito Hyunjin prendendo il suo viso tra le mani guardandolo negli occhi.

T: **Casa.**

Il cuore di Hyunjin poteva dichiarare la sua fermata in quel momento sentendo quella semplice e unica parola uscire dalle labbra del moro, per molti quella parola significava un tetto sotto cui vivere, ma per lui non era così quella parola voleva dire tanto, sorrise lasciando scendere un'unica lacrima che venne subito asciugata dalle labbra del moro.

H: **Casa.**

E stavolta era il cuore di Taehyung che stava dichiarando la sua fermata, perché parola più bella non poteva uscire dalle labbra del biondo, gli sorrise posando le sue labbra su quelle di Hyunjin in un dolce bacio che non voleva niente di più che dimostrare per l'ennesima volta quanto si amavano e quanto i loro cuori erano così in sintonia e felici di battere l'uno per l'altro, si staccarono da quel bacio continuando a guardarsi negli occhi perdendosi e lasciando tutto il mondo al di fuori della loro bolla che si era creata in quel momento, un altro sorriso per poi assaporare di nuovo le loro labbra stavolta in un bacio più spinto più bisognoso di azzerare ogni distanza e perché in quelle ore si erano mancati. Aiutarono di fretta i loro due amici a scaricare le valige chiudendosi poi nella loro camera, era stanco del viaggio Taehyung ma mai stanco di avere il suo ragazzo per lui, non gli importava della stanchezza perché ogni sospiro, ogni ansimo, ogni gemito che sentiva uscire dalle labbra del biondo erano la sua cura contro la stanchezza amandolo e assaporandolo finendo per addormentarsi abbracciati insieme beandosi del calore dei loro corpi così vicini.

8. Prime gelosie

Hyunjin aveva dormito un paio di ore vicino a Taehyung sorridendo nel vederlo lì sereno, ne approfittò per andarsi a fare una doccia e poi uscire dalla stanza raggiungendo i suoi amici che si trovavano nella loro stanza a parlare del più e del meno.

Jm: **Uno dei due si è degnato di darci retta.**
Felix: **eh ormai siamo la ruota di scorta Jimin, esistiamo solo dopo le scopate.**

Hyunjin rise dando uno scappellotto dietro la nuca a Felix che subito mise il broncio ma non durò molto visto che il biondo gli aveva detto che sarebbero andati a fare shopping facendo subito saltare di gioia entrambi gli amici che ci misero esattamente dieci minuti di orologio a prepararsi, avevano lasciato un biglietto a Taehyung dove gli dicevano dove erano diretti e che si sarebbero incontrati al ristorante per cena.

Taehyung dormì come un sasso fino alle sette di sera tastò il letto al suo fianco trovandolo vuoto sapendo già che il suo ragazzo sicuramente era uscito con i due testoni a fare shopping, ne ebbe conferma quando vide il biglietto affianco al suo telefono che aveva alcune notifiche, visto che era solo ne approfittò per rilassarsi ancora cinque minuti sul letto dando uno sguardo al telefono, la prima cosa che andò a vedere erano i messaggi che gli mandò Hyunjin con varie frasi che non sopportava i ragazzi e foto di cose che avrebbe comprato, non mancavano neanche le foto che gli mandavano i suoi amici del fondo schiena di Hyunjin volendo istigare il moro cosa che non ci volle molto immaginando già varie cose, si mise una mano in faccia pensando che stava diventando troppo pervertito eccitandosi per niente soltanto vedendo la foto del sedere di Hyunjin, decise di mettere da parte il telefono e alzarsi andando a farsi una doccia gelata per calmare i bollenti spiriti che avevano iniziato a farsi presenti per poi raggiungerli giù nel ristorante.

Una volta finita la doccia si mise jeans e una maglia scendendo giù al ristorante sorridendo, sorriso che svanì vedendo qualcosa che gli stava dando molto fastidio, un ragazzo che non conosceva che stava ridendo e scherzando con Hyunjin al bancone, per carità era abituato agli sguardi che il suo ragazzo attirava e non poteva farci niente perché erano solo quelli sguardi, ma quel ragazzo oltre mangiarselo con gli occhi stava osando toccarlo, sentiva un fastidio alla bocca dello stomaco e stava cercando di trattenere la rabbia che tutta quella scena stava facendo scaturire in lui, la cosa peggiore era che Hyunjin non si rendeva minimamente conto di chi gli ronzava attorno ma non era stupido però in certi casi il suo radar faceva proprio cagare, si avvicinò come un fulmine al suo ragazzo portando il suo braccio attorno alla sua vita avvicinandolo a lui facendo spuntare un sorriso ampio sul volto di Hyunjin appena lo vide.

H: **Amore sei arrivato, questo ragazzo mi stava dando dei consigli su cosa vedere in questi giorni.**

T: **Si immagino, dove sono Felix e Jimin?**

H: **Sono saliti in camera a posare le buste... Oh eccoli che arrivano.**

Taehyung guardò verso l'ingresso del ristorante vedendo arrivare i suoi due amici che ridevano tra loro ma bloccandosi non appena videro lo sguardo omicida del moro capendo subito per quale motivo fosse in quello stato vedendo il ragazzo vicino a loro, ridacchiarono per poi fargli segno di andare al tavolo, cosa che il moro prese subito al volo trascinando via Hyunjin dal bancone con molta fretta che lo guardava confuso, una volta al tavolo lasciò la mano del suo ragazzo e si sedette rilasciando un sonoro sbuffo di fastidio e il biondo notando questa cosa l'abbraccio lasciando un bacio sul suo collo.

H: **Che succede amore?**
T: **Niente.**
H: **Davvero? Eppure mi sembra il contrario.**
T: **Hyun sto bene ora siediti e mangiamo.**

Una cosa che Taehyung non aveva notato era il modo aspro e cattivo che aveva usato verso Hyunjin che in silenzio si sedette abbassando lo sguardo, Jimin diede un calcio sotto al tavolo al moro cercando di fargli capire lo sbaglio ma Taehyung era testardo e non gli diede retta lasciando il tutto come stava iniziando a ordinare, per tutta la cena Jimin e Felix avevano cercato di tirare su gli animi con battute e qualche racconto divertente ma niente era riuscito a smuovere la situazione, se Taehyung era ancora nervoso cercando di calmarsi Hyunjin si sentiva come se avesse sbagliato ma non capiva in cosa, non aveva mangiato quasi niente di ciò che aveva ordinato avendo lo stomaco chiuso, ogni tanto si girava a guardare il moro che non lo degnava di uno sguardo avendolo sul telefono, sospirò per l'ennesima volta per poi alzarsi con la scusa di andare in camera, aveva quel nodo alla gola e voleva solo stare da solo lasciando uscire qualche lacrima.

Una volta soli Jimin tolse con prepotenza il telefono dalle mani di Taehyung ricevendo dal ragazzo uno sguardo che lo intimava di ridaglielo ma sapeva perfettamente che sull'amico non funzionava tutto ciò.

Jm: **Sei coglione o cosa?**
T: **Di cosa parli Jimin? E dammi il telefono.**
Felix: **Tae ti sei reso conto di come hai parlato a Hyun?**

T: **Come gli ho parlato? Gli ho solo detto che sto bene e basta.**

Jm: **Già e la nota aspra e cattiva usata contro di lui era solo una nostra immaginazione.**

Solo in quel momento Taehyung capì a cosa si riferivano aveva parlato in quel modo contro Hyunjin quando lui effettivamente non aveva fatto niente, ma aveva capito che era fottutamente geloso del suo ragazzo e la sua gelosia l'aveva fatto parlare in quel modo facendo sentire di merda il biondo, sospirò poggiandosi di peso sulla sedia chiudendo gli occhi.

T: **sono un coglione.**

Jm: **Sì lo sei... Ma ora sai cosa sia la gelosia.**

T: **devo andarmi a scusare con lui.**

Felix: **Portagli qualcosa da mangiare non ha toccato cibo.**

Taehyung guardò il piatto di Hyunjin notando che era ancora pieno, non ci mise molto a farsi mettere tutto su un vassoio per poi andare verso la loro camera dove sapeva che il biondo si fosse rifugiato.

Ed era così Hyunjin si trovava sotto le coperte lasciando uscire quelle lacrime non capendo ancora cosa diavolo avesse fatto per far arrabbiare Taehyung in quel modo era felice di averlo visto al suo fianco, gli era mancato per tutte quelle ore ma una volta visto il suo sguardo voleva solo scappare da quella stanza andandosi a rifugiare nella loro camera che ora sembrava così fredda anche se fuori l'aria era calda, sentì la porta aprirsi e dei passi che conosceva bene avvicinarsi al letto si coprì con il lenzuolo fin sopra la testa subito non volendo farsi vedere in quello stato, sentì un rumore vicino al comodino e qualcosa di pesante che fece abbassare il materasso, sentì un tocco che avrebbe riconosciuto sempre e la sua voce che lo chiamava dolcemente.

T: **Piccolo, ti prego guardami.**

H: **No voglio stare da solo.**

Taehyung a sentire la voce di Hyunjin in quel modo gli fece male, stava piangendo e la causa era la sua, si stese affianco a lui avvolgendolo con il braccio avvicinando il suo corpo.

T: **Piccolo perdonami ti prego, non so cosa mi è preso… No in realtà lo so e sono stato un emerito stronzo a risponderti in quel modo quando tu non hai fatto niente.**

H: **Sei stato cattivo, coglione, idiota…**

T: **Si ok sono stato tutte queste cose ma non c'è bisogno che fai la lista.**

Taehyung sbuffo ma poi sorrise non appena vide il biondo sbucare con il viso da sotto il lenzuolo che lo guardava, gli asciugò quelle ultime lacrime che ancora rigavano il suo viso lasciando un bacio prima su un occhio poi sull'altro.

T: **Ho reagito così perché sono fottutamente geloso di te amore mio, posso passare sugli sguardi che ti danno, ma il tocco diavolo quello stava osando toccare ciò che mi appartiene e la cosa mi ha fatto una rabbia facendomi agire in quel modo.**

H: **per questo ti sei comportato così? Per tutta la cena avevo pensato che era colpa mia e che avevo fatto qualcosa che non dovevo.**

T: **In effetti la colpa e anche tua però, sei così appetitoso che attiri chiunque e la cosa non va bene.**

Taehyung mise il broncio che subito venne baciato dal biondo che lo fece mettere a pancia in su mettendosi a cavalcioni su di lui approfondendo il bacio da subito in uno spinto desideroso di avere di più, cosa che al moro non dispiaceva affatto portando subito le mani sulle natiche di Hyunjin stringendole, erano finiti per fare l'amore ancora ma era differente dalle altre volte perché in questo atto vi era tutta la possessività e la gelosia che regnava, era fare un amore con nuovi sentimenti che portava i due ragazzi ad amarsi ancora di più, Hyunjin aveva capito una cosa che amava il Taehyung geloso facendolo diventare più selvaggio e non gli dispiaceva quel tratto come al moro non dispiaceva vedere come il suo ragazzo fosse così sottomesso a lui lasciandosi fare ciò che voleva, avevano scoperto un nuovo modo di amarsi che non dispiaceva a entrambi.

Nel corso dei giorni che passarono in quella vacanza non mancarono di certo i momenti di gelosia avvolte causati proprio per far scattare l'altro e anche Taehyung aveva notato che Hyunjin geloso era differente, era molto più audace non gli importava dove si trovava volendo solo far suo il suo ragazzo e questa cosa eccitava sempre più il moro amando farlo ingelosire solo per vedere cosa avrebbe fatto, come quando erano a cena e ancora non erano arrivati i loro amici Taehyung aveva fatto finta di flirtare con il cameriere e Hyunjin per fargliela pagare si era messo sotto il tavolo facendogli un pompino non appena arrivarono Felix e Jimin che avevano capito cosa stesse succedendo guardando la faccia del moro che cercava di fare finta di niente mentre parlava con il cameriere ridendosela non appena il biondo finì e uscì da sotto il tavolo, sapeva usarla bene la lingua e lui amava quel suo tratto.

Quella vacanza fu la prima di tante altre, la prima dove la gelosia fu padrona, la prima dove avevano lasciato altri ricordi che i due ragazzi tenevano nel cuore, la prima di tante altre dove la parola Casa assunse un altro significato da quello di quattro mura di pietra, un significato pieno di amore e felicità per entrambi.

9. Il passato di Tae

Erano passati altre settimane e mesi il periodo natalizio era alle porte e Taehyung era alle prese con la ricerca del regalo perfetto per Hyunjin insieme al suo ormai fidato compagno di ricerca Jimin che anche lui era alla ricerca per fare un regalo perfetto per Felix, già da dopo le vacanze anche lui aveva cominciato a vedere il ragazzo in modo differente e aveva deciso di buttarsi una volta dato il regalo, il moro era felice per il suo amico lo vedeva molto preso dal castano e gli augurava che le cose andassero bene.

Jm: **Allora cosa vuoi regalare a Hyun?**

T: **Non lo so realmente, vorrei che fosse qualcosa con un significato e che ogni volta che lo guarda pensa a me.**

Jm: **Sul fatto di pensare a te non ci serve il regalo, comunque perché non opti per un gioiello, se non sbaglio a lui piacciono queste cose.**

Si a Hyunjin piaceva indossare gioielli, si poteva dire che ne andava matto e non usciva senza almeno qualcosa addosso ma sempre nel giusto non esagerava mai, Taehyung sorrise a Jimin entrando nella prima gioielleria che gli capitò girando tra le vetrine notando una collana, si avvicinò per guardarla meglio ed era perfetta per Hyunjin, non era una di quelle collane vistose era semplice in oro anche il ciondolo era semplice aveva una pietra verde smeraldo con dei fili sempre in oro che la circondavano, quei colori messi insieme gli ricordarono subito gli occhi del biondo ed era perfetta per lui, sorrise istintivamente e una commessa si avvicinò.

X: **Posso esserti utile?**

Taehyung alzò subito lo sguardo sentendo quella voce a lui familiare e quando vide chi aveva davanti il suo sorriso svanì lasciando spazio solo a una faccia senza emozioni, la donna lo guardò e quando capì chi fosse il ragazzo davanti a lui fece un lieve sorriso e i suoi occhi cominciarono a diventare lucidi.

X: **Tete...**
T: **Il mio nome e Taehyung non Tete...**
La donna abbassò lo sguardo sapeva di essere colpevole di tutto il male che il ragazzo avesse subito e negli anni a venire dove lui fece perdere le sue tracce lei aveva cercato sempre di trovarlo.

T: **voglio questa collana me la incarti.**
X: **È per la tua ragazza?**
T: **Il mio ragazzo.**
La donna sorrise verso Taehyung non dicendo niente e il moro aveva proprio specificato per vedere la sua reazione ma quando vide che non batté ciglio si tranquillizzò un attimo, non sapeva neanche lui perché era così nervoso, Jimin si avvicinò riconoscendo la donna e subito mise una mano sulla spalla del suo amico.

Jm: **Wow amico Hyun amerà il suo regalo.**
T: **Sì lo penso anche io, appena l'ho visto mi ha ricordato il colore dei suoi occhi.**
X: **Ecco a te...**
T: **Mmhh grazie**
Jm: **Andiamo paghiamo e andiamo a cercare il regalo per Felix.**

Taehyung diede un ultimo sguardo alla donna per poi andare alla cassa e pagare, per tutto il tempo la donna non aveva tolto gli occhi da dosso al figlio il quale non si era mai girato a guardarla neanche quando era uscito.

Per tutta la giornata Taehyung era silenzioso e la cosa aveva preoccupato Jimin, era da anni che il moro non vedeva la madre e non gli piaceva vederlo in quello stato, Taehyung riteneva responsabile lei per quello che il padre gli faceva e solo quando andò via da quella casa lui chiuse i ponti con entrambi cominciando a vivere la sua vita.

Jimin mandò un messaggio a Hyunjin dicendogli di raggiungerlo subito a casa del moro che era urgente e il biondo ci mise realmente cinque minuti ad arrivare, appena mise piede in casa del moro iniziò a tartassare Jimin di domande con la preoccupazione a mille che fosse successo qualcosa a Taehyung.

Jm: **Tranquillo lui sta bene... Per modo di dire.**

H: **cosa vuoi dire?**

Jm: **sediamoci e parliamo mentre Taehyung è in doccia.**

Hyun segui Jimin fino al divano, gli raccontò ciò che era successo quella mattina, il biondo conosceva bene la storia di Taehyung gliela raccontò non volendo avere segreti, gli aveva raccontato che suo padre era un uomo che invece alle parole preferiva usare le mani specialmente su di lui per difendere la madre che non aveva mai alzato un dito per aiutarlo, preferiva attaccarsi alle bottiglie piuttosto che aiutare il figlio curando le sue ferite, gli disse che fu grazie a Jimin se era riuscito a uscire da quel tunnel e quindi lasciare la casa ancora prima di diventare maggiorenne.

H: **quindi era lì...**

Jm: **Sì... Da quando l'ha vista lui è strano.**

H: **penso che sia così perché ha bisogno di capire e parlare con lei.**

Jm: **ne sei sicuro?**

H: **si.**

T: **Hyun cosa ci fai qui?**

Entrambi i ragazzi sussultarono non appena sentirono la voce del ragazzo che li stava guardando confuso, il biondo si alzò e si avvicinò a lui dandogli un bacio e sorridendogli.

H: **Penso che dobbiamo andare.**

E a Taehyung non servì chiedere spiegazioni perché conosceva quello sguardo e sapeva a cosa si riferiva il suo ragazzo, abbracciò Hyunjin stringendolo a sé.

T: **Non mi lascerai solo vero?**

H: **Starò con te tutto il tempo.**

E quella semplice frase basto a Taehyung per prendere coraggio e andare dalla donna che era fuori il negozio mentre salutava le colleghe chiusa nel suo nero giubbotto, si sorprese di vedere suo figlio proprio lì in quel momento.

X: **Tete…**

T: **sono qui solo per parlare.**

X: **Capisco.**

La donna poi posò gli occhi su Hyunjin notando che teneva la mano a suo figlio, il biondo sorrise e venne subito ricambiato dalla donna.

X: **Lui deve essere il tuo ragazzo.**

T: **Sì.**

X: **E un bellissimo ragazzo.**

T: **non sono venuto qui per sentire i tuoi apprezzamenti… Dimmi perché? Perché non sei stata una madre come tutte che aiuta il proprio figlio? Perché non mi hai amato mai?**

Tutte quelle domande che stava ponendo a quella donna a Taehyung facevano male, lui aveva sofferto per la mancanza di una madre, aveva sofferto quando il padre lo picchiava e lui con lo sguardo la cercava vedendo che lei distoglieva lo sguardo, aveva sofferto quando si medicava da solo e lei era nella cucina che beveva, aveva sofferto perché era solo un piccolo bambino che cercava solo una carezza o un sorriso da parte di quella donna che un tempo considerava sua madre ma ora solo un'estranea.

La donna abbassò lo sguardo mentre delle lacrime scendevano dal suo viso.

X: **Quanto ti ho avuto ero una ragazzina, avevo quindici anni e tuo padre ventidue, a quel tempo eravamo innamorati e visto che ero incinta tuo padre decise di prendermi come moglie… Ma quando si è innamorati si ha gli occhi coperti da tutto e non si vede ciò che si dovrebbe. Fu dopo la tua nascita che lui mi mostrò cosa era davvero, un mostro che non si fermava neanche davanti alle lacrime, abusava di me, mi picchiava e io ero troppo impaurita per fare qualcosa, ero una ragazzina incatenata a un mostro. Quando sei cresciuto abbastanza lui prese di mira te e io da stupida donna codarda lo lasciai fare, avevo paura di lui e di ciò che mi avrebbe fatto… Avevo paura perché quando finiva con te passava a me e per tutta la notte subivo… Quando ti guardavo negli occhi distoglievo lo sguardo per non farti vedere come misera e senza orgoglio fossi, mi facevo schifo per non essere quella madre che ti poteva salvare, per non pensare alle mie colpe mi sono data all'alcool trovando sollievo in esso.**

La donna alzò lo sguardo puntandolo in quello del figlio sorridendogli debolmente.

X: **Quando quel ragazzo ti prese e portò via ringrazia chiunque l'avesse messo sulla tua strada per averti portato via da quel mostro.**

Taehyung stava cercando di metabolizzare ciò che la donna gli stava dicendo, era difficile credere alle sue parole quando fino a pochi minuti prima lei era ciò che disprezzava di più, eppure quel disprezzo che provava era solo una maschera di un ragazzo ferito da ciò che la vita gli aveva dato, da ciò che aveva dovuto affrontare, dal dolore che l'aveva ferito dentro, mai aveva versato lacrime avendo imparato a non lasciarle mai uscire, no le sue lacrime non si vedevano scendere dai suoi occhi ma era il suo cuore che lacrimava, strinse la mano di Hyunjin per poi dare le spalle alla donna e andare via insieme al suo ragazzo, la donna non disse altro sapeva che avevano bisogno di tempo e glielo avrebbe dato.

Erano tornati a casa di Taehyung il quale sedeva sul bordo del letto con la testa tra le mani ancora incredulo su ciò che la donna gli aveva detto, Hyunjin si avvicinò mettendosi in ginocchio davanti a lui, gli alzò il viso facendo incontrare i loro sguardi.

H: **So che fa male, so che tutto quello che hai sentito uscire dalle labbra di quella donna ti stanno confondendo, ma ricordati amore mio che l'unica cosa a cui devi dare ascolto e quest'organo che si trova nel tuo petto, segui ciò che dice lui.**

Taehyung guardò Hyunjin negli occhi e sorrise, non meritava un ragazzo come lui, lo prese tra le braccia e con lui si stese sul letto godendosi quel calore chiamato casa.

Un paio di giorni dopo Taehyung torno dalla donna, gli aveva detto che piano piano avrebbe provato a perdonarla e a farla partecipe nella sua vita, ma aveva bisogno del suo tempo, la donna accettò senza problemi sapendo che quella richiesta da parte del figlio era già un passo avanti per sperare di ricostruire un rapporto con lui.

10. Il padre di Hyunjin

Il natale era passato, fu diverso dagli altri anni perché quella volta a festeggiare con Hyunjin e la sua famiglia vi era anche Taehyung che non appena fu presentato alle sue zie e sua nonna fu tartassato di domande, rimpinzato di ogni schifezza possibile facendo borbottare Hyunjin perché non riceveva le attenzioni dalla sua famiglia ma felice di vivere quel natale differente dal solito con la persona che amava. Oltre il natale passò anche il compleanno di Taehyung cosa che il moro non voleva per niente festeggiare per via di ciò che gli ricordava ma il biondo sapeva come convincerlo quindi riuscì ad arrivare a un accordo, ovvero si poteva festeggiare ma lui doveva stare a un nuovo giochetto che il moro aveva pensato di fare da un bel po' di tempo, morale della cosa? Che quei giochetti non si limitarono solo per il compleanno del moro ma anche per altre volte, era bello come queste esperienze, che mai avevano provato con i loro ex o con le scopate occasionali, le stavano provando insieme scoprendo ciò che non piacevano e altre che piacevano, era anche passato il capodanno anche quello pieno di risate e pazzie da parte dei ragazzi che dopo i botti della mezzanotte avevano fatto una scommessa per chi rimaneva più tempo in acqua e come dei cretini tutti si buttarono nella piscina della casa di Jimin che era gelida ritrovandosi il giorno dopo tutti e quattro insieme nel letto a divano con la febbre e il raffreddore e la madre di Jimin e Hyunjin a ridersela per come i loro quattro ragazzi si erano ridotti ricevendo starnuti e borbottamenti da tutti e quattro, queste erano le giornate che ormai facevano parte della routine di Taehyung e Hyunjin, giornate solo loro due e giornate con i loro amici a divertirsi, a fare nuove esperienze che mai farebbero da soli, giornate felici e giornate tristi ma sempre insieme. Sembrava che le cose andassero bene eppure non sempre è così, Hyunjin aveva cominciato da un paio di settimane a lavorare come cameriere in un bar nel centro commerciale, gli piaceva come lavoro, il servire ai tavoli o al bancone, sorridere ai clienti, la paga era buona e gli permetteva di togliersi i suoi sfizi e aiutare la madre, Taehyung all'inizio non era tanto convinto ma non perché non volesse che lavorava ma perché aveva sempre gli occhi addosso e con la sua gelosia non andava a genio eppure lo lasciò fare anche perché gli piaceva e poi aveva colazioni gratis e lo poteva vedere ogni mattina, come quella mattina che stavano seduti a parlare del più e del meno eppure c'era nell'aria qualcosa di diverso, per la precisione una persona nuova nel locale che continuava a guardare i due ragazzi e di questo se ne era accorto Taehyung.

T: **piccolo conosci quell'uomo per caso?**

Hyunjin si girò per guardare la persona che gli stava indicando Taehyung e quando lo sguardo dell'ormai castano incontrò quello dell'uomo sembrò come se sotto di lui vi era solo il vuoto, il ricordo di quella sera dove quelle parole sputate contro di lui con odio e schifo gli tornarono alla mente, il moro vide il cambiamento del suo sguardo notando un velo di tristezza nei suoi occhi, gli prese la mano portandola alle labbra lasciandogli un bacio sul dorso.

T: **cosa succede piccolo? Sai chi è?**

H: **mio padre.**

Taehyung sapeva ciò che il padre gli aveva detto quella notte perché Hyunjin gli aveva raccontato tutto, non l'aveva neanche toccato con un dito né a lui né a sua madre eppure le parole cattive che gli aveva rivolto fecero più male di uno schiaffo, molte volte il moro si era ritrovato seduto sul divano o sul letto a parlare con il castano su il loro passato, sulle loro paure, sui loro ma e forse e su se loro erano giusti oppure no era in quelle sere che il castano si sfogava con il moro di tutto, Hyunjin amava suo padre anche dopo le parole che gli aveva detto lui aveva continuato a cercarlo per fargli cambiare idea arrivando anche a dire al padre che lui sarebbe sparito pur di farlo stare con la madre, ma anche quello non servì, si era sentito parecchie volte sbagliato e causa del dolore della madre ma Taehyung molte volte l'aveva fatto tornare con i piedi a terra dicendogli che lui era giusto, che la madre l'amava e avrebbe fatto questa scelta molte volte.

T: **senti… So che lui ti ha detto cose brutte… Ma forse non è il caso di vedere cosa vuole?**

H: **si forse hai ragione, ma non me la sento ancora di farlo.**

Taehyung sorrise dolcemente lasciando un altro bacio sulla sua mano.

T: **quando sarai pronto gli parlerai e io sarò al tuo fianco.**

H: **Grazie amore mio.**

E così successe Hyunjin non rivolse mai la parola all'uomo che ogni mattina sedeva sempre al solito tavolo e l'osservava, era tentato di sedersi e prendere parola con lui ma il ricordo gli tornava alla mente e lo fermava da ogni cosa, le parole di disprezzo su ciò che era diventato, parole che ancora oggi facevano male, per il padre lui era sbagliato, era soltanto un abietto, un ragazzo che non meritava di vivere solo perché invece che piacergli le ragazze a lui piacevano i maschi, ma la cosa che gli faceva ancora più male fu vedere il suo sguardo e notare che tutte quelle parole che aveva detto erano vere, ma sapeva che prima o poi avrebbe dovuto parlagli ma aveva paura di ciò che gli voleva dire.

Taehyung aveva fatto cadere il discorso sul padre di
Hyunjin solo perché voleva dargli tempo a lui di capire se
voleva oppure no parlare con l'uomo, anche la madre di
Hyunjin gli stava dando il suo tempo avendogli detto che lei
già aveva parlato con l'uomo ma spettava al figlio decidere,
il moro era al locale seduti nel suo ufficio a disegnare
quando Jimin l'avviso che una persona voleva parlargli e
mai si aspetto di ritrovarsi proprio quell'uomo lì davanti.

Jm: **Vi lascio soli…**

T: **No puoi rimanere Jimin, penso che il signore non
rimanga troppo.**

X: **Hai ragione, non ti toglierò molto tempo sono qui solo
per chiederti un favore.**

T: **sentiamo che favore vuoi?**

Taehyung neanche si alzò né si presentò all'uomo, non era
nella sua indole fare buon viso a persone che facevano
soffrire gli altri specialmente se a soffrire era qualcuno a cui
teneva.

X: **Vorrei chiederti di convincere Hyun a parlare con me
per favore.**

T: **perché dovrei? Poi non è una mia decisione ma di Hyun
se parlare o no con te.**

X: **So che ho sbagliato a quel tempo, so di aver detto cose
cattive nei confronti di mio figlio e mia moglie, forse non
meriterò mai di poter parlare con lui… Ma ti chiedo solo
questo favore e poi sparirò dalle vostre vite per sempre.**

Taehyung guardò l'uomo negli occhi vedendo come fossero
vuoti e tristi, sospirò e accettò di aiutarlo anche se sapeva
che Hyunjin gliela avrebbe fatta pagare cara, organizzò una
cena proprio a casa sua ovvio comprando il cibo ma sapeva
che forse non avrebbero mai mangiato.

Il castano era arrivato da poco a casa del ragazzo e si
sorprese della tavola apparecchiata con tutte quelle cose, ma

si sorprese del terzo piatto pensando che forse aveva deciso d'invitare finalmente la madre e voleva supporto ma quando Taehyung aprì la porta e dietro di lui vi era il padre allora capì.

H: **Taehyung...**

T: **Ascoltami piccolo, so che non dovevo ma per favore ascoltalo soltanto e poi deciderai e giuro che poi potrai farmela pagare.**

Hyunjin sospirò e si andò a sedere sul divano mentre l'uomo lo seguì sedendosi sulla poltrona davanti a lui, Taehyung invece rimase in piedi dietro Hyunjin in silenzio.

X: **Come stai?**

H: **non sei qui per sapere come sto giusto? Arriva al dunque.**

X: **Sì hai ragione perdonami... fig... Hyunjin ascoltami non sono qui per farti del male ancora...**

H: **Vero perché già me ne hai fatto con tutte quelle parole dicendo persino che non dovevo nascere... Avrei preferito che mi prendessi a schiaffi.**

Hyunjin parlò con rabbia ma anche con tristezza nel ricordare le sue parole.

X: **Quella sera fui un completo coglione per le parole dette, adesso a distanza di anni lo capisco e forse lo capisco perché non mi rimane molto da vivere, quindi prima di lasciare questo mondo volevo chiederti perdono per tutto. Volevo chiedere perdono a te e tua madre per il male che vi ho fatto quella sera e per avervi lasciato nei casini fregandomene altamente di tutto, perdono per aver ferito te che sei sempre stato un ragazzo dolce e gentile, perdono per non essere stato un padre modello.**

L'uomo tenne lo sguardo basso mentre diceva quelle parole mentre Hyunjin non stava più pensando a niente visto che la sua mente si era fermata alle parole non mi rimane molto da vivere, quelle parole furono come una pugnalata in pieno petto e mai si sarebbe aspettato di sentirle uscire dalle sue labbra, mai avrebbe pensato di avere suo padre dopo tanto tempo e sentire come il suo cuore si stava sgretolando alle sue parole, per anni da bambino lui era sempre stato il suo eroe, l'uomo a cui voleva assomigliare da grande, l'uomo che non gli aveva mai fatto mancare niente, in quel momento persino le parole cattive che gli aveva detto stavano svanendo lasciando posto solo alla tristezza di sapere che un giorno lui non ci sarebbe stato più.

Il castano sotto lo sguardo di Taehyung si alzò avvicinandosi all'uomo abbracciandolo lasciando sorpreso il padre che lasciò scendere le lacrime non vergognandosi di mostrarsi in quello stato da suo figlio e dal suo ragazzo, no per quell'uomo quello era solo il segno che forse poteva sistemare un pochetto le cose diventando un padre degno di essere chiamato così da suo figlio, avrebbe chiesto scusa altre mille volte pur di riuscire a ripagare il male delle sue parole, rimasero stretti l'uno a l'altro per molto lasciando che le loro lacrime uscissero, lasciando che il dolore di quegli anni e la tristezza venisse portato via dalle lacrime, Taehyung lì guardò sorridendo per il suo ragazzo che finalmente avrebbe avuto suo padre vicino e si chiedeva se un giorno avrebbe anche lui rivisto il suo e come avrebbe reagito, ma non gli importava perché sapeva che vicino a lui ci sarebbe stato per sempre Hyunjin non lasciandolo mai.

11.Pioggia

Oggi, mesi dopo il matrimonio.

POV Taehyung

Quanto e passato ormai da quel giorno? Sai penso di aver smesso di contare i giorni dopo neanche la prima settimana, avvolte passavo davanti la tua casa per vedere se ti incontravo ma di te nessuna traccia, ma cosa sto facendo? Sono qui sdraiato su un letto sconosciuto mentre provo a dimenticarti con un estraneo, ma l'unica cosa che faccio e continuare a pensarti, a cercarti in ogni piccolo particolare, guardo il soffitto ricordando quei giorni dove eravamo felici, dove ridevamo e scherzavamo, quei giorni dove ci ha visto affrontare il passato, dove tu mi hai aiutato con mia madre e dove io ti ho aiutato con tuo padre.
Mi alzo ormai stanco di stare in questa stanza e di sentire il profumo di un altro su di me, mi vesto ed esco da questa casa guardo l'ora notando che sono le tre di notte, che strano proprio quest'ora ho dovuto vedere, l'ora in cui tu mi chiamasti e mi dicessi che eri partito, l'ora dove tutto sembrava essersi fermato, quella notte sentivo la tua voce tremare per il pianto eppure ero troppo arrabbiato perché non mi hai aspettato, perché sei partito senza farti salutare da me, ho odiato quella notte così tanto perché ti ha portato via da me.
Alzo il viso verso il cielo notando che aveva cominciato a piovere ma non mi importa in quel momento perché quella pioggia sta coprendo le mie lacrime, lacrime che continuano a uscire senza fermarsi, che pappa molle che sono diventato, non ho mai pianto in vita mia per nessuno eppure tu sei stato l'unico a farmi piangere, ti odio sai? Ti odio dal profondo del cuore per avermi fatto diventare così misero, ti odio per avermi fatto amare, ti odio per avermi

donato quei ricordi che non riesco a dimenticare, ti odio perché anche dopo anni io continuo ad amarti come se fosse il primo giorno, ti odio.

Continuo a camminare sotto la pioggia fermandomi quando noto dove i miei piedi mi hanno portato, anche il mio corpo non riesce a dimenticarti avendomi portato proprio davanti la tua casa quella casa che ora la condividi con quell'uomo, forse sono un idiota a restare qui fuori sotto la pioggia aspettando di vederti, guardo le finestre al piano terra notando una luce accesa da un finestrone, mi avvicino e una musica a me nota risuona, noto che hai sempre gli stessi gusti in fatto di musica ma anche le solite abitudini, sei seduto su una poltrona mentre leggi un libro con la musica di sottofondo, rimango a guardarti ammaliato da quando tu ancora sei bello anche dopo anni, come i tuoi occhi verdi risplendano sotto quella tenue luce e quelle labbra che ho sempre amato baciare mentre te le mordi, sicuramente stai leggendo un pezzo triste per questo le tieni così, vorrei bussare alla finestra per farti sentire che sono qui ma un rumore di macchina mi riporta alla realtà e tu come se avessi sentito un allarme scatti in piedi poggiando il libro sulla poltrona, sento la voce di lui che ti chiama segno che era tornato da lavoro quindi mi allontano lasciandoti ancora una volta.

Come ogni volta mi butto nel primo bar che trovo iniziando a scolarmi una birra dopo l'altra passando ad altri drink finendo per ritrovarmi nel bagno del bar a scopare l'ennesimo estraneo che mi ricorda te e poi ritrovarmi un Jimin e un Felix che mi guardano arrabbiati mentre mi riportano a casa e mi mettono a letto.

"Non puoi andare avanti così... Devi dimenticarlo"

Sono le parole che mi dice proprio il tuo miglior amico sai? So che hai chiuso i ponti con lui pure e ne sta soffrendo, alzò lo sguardo verso di lui notando i suoi occhi lucidi e l'unica cosa che posso fare e lasciare che ancora una volta loro mi vedano debole, che vedano come mi sono ridotto a causa tua.

"Non posso dimenticare ciò che mi faceva stare bene"

Sono le uniche parole che gli dico prima di crollare sul letto addormentato con ancora le lacrime a rigare il mio viso.

POV Hyunjin

Sono passati dei mesi dal mio matrimonio, mesi in cui i miei ricordi sono volati a quei momenti felici insieme, momenti dove tu hai potuto parlare con tua madre e dove io ho potuto vedere mio padre, momenti dove il mio sorriso era vero e non falso.

Sono qui seduto in questa piccola stanza dove l'ho fatta diventare una libreria mettendoci tutti i libri che mi piacciono e anche i tuoi, mi avvicino allo stereo mettendo la mia musica, quella che mettevo sempre in macchina con te sentendoti borbottare perché era noiosa ma che poi lasciavi perché sapevi che mi piaceva, scelgo un libro a caso alla fine non voglio realmente leggere voglio solo dimenticare per un attimo dove mi trovo e con chi sono.

Voglio dimenticare questa vita che ora mi appartiene e che sto vivendo senza di te, voglio dimenticare il mio presente e l'uomo che ho vicino, potrei scappare ma per andare dove? Ho dovuto chiudere anche con il mio miglior amico per non farlo mettere nei guai, non ho più dove andare se non solo qui a subire ciò che mi merito per non aver avuto il coraggio di parlare, per aver avuto paura di dirti la verità, quella verità che una persona si porta dentro fino alla fine, si la fine... Sai ho pensato molte volte di farla finita, di smettere di provare tutto questo dolore per colpa di un uomo che mi stava solo facendo del male, non mi rendo conto neanche che abbia cominciato a piovere se non quando sento la sua macchina arrivare e lì scatto in piedi, i miei occhi si posano sulla finestra notando una sagoma non so perché ma ho subito pensato a te e quando mi avvicino per vedere se eri tu realmente il mio cuore smettere di battere vedendoti di spalle mentre vai via sotto la pioggia, che stupido sto piangendo mentre ti osservo, ma che diritto ho ormai di piangere per te, per te che ti ho fatto solo del male, che diritto ho di sperare che un giorno mi vieni a salvare da questo inferno.

I miei pensieri vengono fermati appena sento le sue mani su di me che mi inizia a toccare, come ogni sera è ubriaco e come ogni sera mi prende con la forza lasciandomi i segni, come ogni sera sento le sue labbra sul mio corpo mentre tento di allontanarlo, e come ogni sera sento il dolore sulla mia guancia e quel sapore di sangue in bocca dopo il suo ennesimo schiaffo, ma stasera sembra differente, stasera non vuole avermi vuole solo ferirmi e lasciare il suo segno su di me, sento dolore da ogni parte mentre lui continua a colpirmi, continua a colpire e colpire mentre lacrime solcano il mio viso e chiedo di smetterla, ma lui non lo fa, lui continua fino a quando non sente il suo telefono squillare e va via da quella casa lasciandomi lì a terra.

Mi alzo a fatica reggendomi al muro cercando di raggiungere il bagno della mia camera, una volta lì mi chiudo dentro per paura che lui possa tornare e stavolta farla finita realmente, mi levo a fatica quei pochi indumenti che ho addosso e il mio sguardo capita al mio riflesso sullo specchio, come ho fatto a finire così? Come ho fatto a non capirlo prima chi fosse l'uomo che avevo vicino? Mi guardo e l'unica cosa che vedo e un corpo ormai pieno solo di graffi e lividi, un corpo che non sembra più il mio talmente secco che sono diventato, mi faccio schifo da solo guardandomi e di nuovo le mie guance sono rigate da quelle lacrime salate che finiscono su alcuni graffi, ma ho il diritto di piangere ancora per tutto questo? Do le spalle allo specchio e mi metto nella vasca lasciando che l'acqua calda faccia il suo dovere facendo rilassare i miei muscoli e pulendo le mie ferite, mi poggio con la testa al bordo della vasca e chiudo gli occhi, ma poi piano piano mi lascio andare scendendo con il corpo e finendo con la testa sotto acqua, voglio smetterla di soffrire, voglio smetterla di stare qui, voglio smetterla di tutto, voglio smetterla di continuare a sentire il mio cuore che si frantuma sempre più, ma sembra che il destino stia giocando con me perché non appena mi arrendo e smetto di lottare mi appari tu che mi guardi, mi appare il tuo sorriso e lì capisco che non posso *ancora finirla perché tu soffriresti più di tutti, non posso finirla senza averti detto tutto ancora una volta, non posso finirla e devo sopportare ancora, devo sopportare perché so che presto finirà.*

12. Tutto inizia e finisce

Anni prima

Passava tutto come passavano i giorni e i ragazzi continuavano la loro vita, Taehyung alla fine stava riavendo i rapporti che voleva con la madre anche se era molto titubante su tutto ciò mentre Hyun aveva dato una possibilità al padre e insieme alla madre si informavano sulle sue condizioni ogni giorno essendo che lui viveva in America, erano felici e questo bastava a entrambi per andare avanti, quella sera finalmente Taehyung si era deciso volendo fare il passo di chiedere a Hyunjin di andare a convivere insieme e si stava facendo aiutare da Jimin e Felix nell'organizzare il tutto anche se i due ragazzi gli avevano detto di stare tranquillo e che sarebbe andato tutto bene.

T: **Allora devo fare questo... E poi lo porto qui... Poi faccio questo...**

Jm: **Tae calmati un attimo, Hyun sarà più che felice e ti dirà di sì.**

Felix: **Infatti smettila di farti delle pippe mentali.**

T: **Per voi è facile a dirsi, alla fine gli sto chiedendo di venire a vivere con me e come dirgli di sposarmi se ci pensi.**

Felix: **Se gli chiedi di sposarti allora lì lo vedrai morire subito.**

Taehyung rise della frase di Felix e non poteva non pensare che aveva ragione, Hyunjin era sempre stato un ragazzo romantico e sognava un giorno il matrimonio, una sera mentre vedevano un film e vi era la scena della proposta lui gli chiese a Hyunjin se un giorno si voleva sposare e come risposta il castano gli aveva cominciato a dire tutto ciò che voleva che accadesse dalla proposta fino alla cerimonia, non voleva proposte esagerate, voleva semplicemente lui e il suo futuro marito, perché aveva specificato questo tratto sapendo che forse poteva essere Taehyung o no, che lo portasse nel loro posto senza troppe cerimonie e con la loro canzone gli chiedesse di sposarlo, per il matrimonio voleva una cosa semplice senza troppe cerimonie solo lui il suo futuro marito e pochi ma buoni invitati, il moro sorrise nel ricordare quella discussione, sorrise nel ricordare come gli brillavano gli occhi al suo ragazzo e come Taehyung avesse desiderato un giorno essere l'uomo che gli avrebbe messo l'anello al dito facendolo suo per sempre.

Jm: **Niente e partito per il mondo dei sogni un'altra volta.**

Felix: **Ormai sono due anni o più che stanno insieme e ancora ha quel sorriso da ebete sulla faccia quando pensa a Hyun.**

Jm: **Vero, eppure non avrei mai scommesso che durasse così tanto la loro storia, sono due caratteri differenti ma sono riusciti a unirsi.**

Felix: **L'amore ha mille modi per farti stare insieme.**

T: **Guardate che vi sento idioti… Smettetela di parlare che tra poco Hyun sarà qui.**

E come se l'avessero chiamato, solo pochi minuti dopo il castano era fuori la porta di Taehyung che suonava insistentemente, ci mise poco per finire di prepararsi il moro e uscire di casa per portare il suo ragazzo a passare una serata differente, una serata che sarebbe rimasta nel cuore di entrambi per sempre.

Taehyung portò Hyunjin al luna park quella sera avrebbero passato una serata differente, una serata dove vi era solo divertimento, avevano fatto quasi tutte le giostre persino sotto costrizione di Hyunjin quelle che si solito erano per i ragazzini, ma al moro non importava pur di vederlo felice, pur di vedere su quel viso il suo sorriso, avevano mangiato un gelato e si erano ritrovati a camminare poi lungo la spiaggia mano nella mano ridendo fino a quando Taehyung non si ritrovò a fermarsi.

H: **Ehy amore tutto bene?**

T: **Sì sto bene, solo che avrei da chiederti una cosa.**

H: **Che cosa?**

Taehyung guardò Hyunjin negli occhi sapeva che era una stupidaggine e il suo ragazzo gli avrebbe detto sì ma era sempre teso.

H: **Tae so che non è una proposta di matrimonio perché non siamo pronti né io né tu per questo... Quindi che succede?**

T: **si hai ragione sul matrimonio, ecco è un po' di tempo che ci pensavo a fare questo passo.**

H: **che passo?**

Hyunjin si avvicinò a Taehyung sorridendo, aveva capito di quale passo parlava ed era da giorni che pensava se prima o poi lui glielo avrebbe chiesto, il moro prese la mano del castano mettendola girata con il palmo in su, poggiò qualcosa e la chiuse.

T: **vorrei passare le notti futuri addormentandomi con te tra le braccia, vorrei svegliarmi con te tra le braccia, voglio che ogni volta che torno dal lavoro tu sei lì ad aspettarmi... Quindi ti chiedo....**

H: **Si Taehyung, voglio venire a vivere con te.**

Taehyung sorrise alle sue parole e come si aspettava Hyunjin aveva capito tutto ma gli aveva dato il suo tempo, lo prese per le cosce sorprendendo il ragazzo facendolo ridere, si erano baciati e avevano fatto l'amore in quella macchina che l'aveva visti parecchie volte insieme era tutto perfetto era l'inizio del loro nuovo percorso, ma come ogni inizio vi è anche una fine.

Taehyung aveva riportato Hyunjin a casa, l'aveva lasciato fuori al cancello aspettando che entrasse per poi andare via, ma quel momento fu anche quello che distrusse il castano e tutto quello che aveva, quel momento fu quando quasi vicino la porta di casa si sentì afferrare, sentì una mano vicino la bocca, qualcuno lo stava trascinando fuori dal cancello portandolo in un vicolo buio, lo stava toccando e baciando nei punti dove poco prima era Taehyung a farlo, cercava di liberarsi dalla presa ma non riusciva e la paura bloccava i suoi movimenti, sentiva come quell'uomo lo stava spogliando, come le sue mani continuavano a toccarlo, come lo sentiva dentro di lui lasciando uscire lacrime di dolore, come in quel momento voleva che Taehyung fosse lì a salvarlo, sentì dopo molto tempo il freddo della strada dopo che avendo abusato di lui lo colpì, sentì il dolore mentre si rialzava e con fatica si vestiva tornando a casa lentamente, sentì come le forze gli finirono cadendo a terra appena entrato in casa, sentì le urla di sua madre che era corso da lui, sentì come stava prendendo il telefono e stava chiamando Taehyung ma la bloccò subito.

     Madre: **Hyun lascia che lo chiami.**
   H: **No... Non voglio che mi veda... Non voglio vedere il suo sguardo... Non voglio... Non voglio...**
Lacrime che ancora lasciavano una scia lungo il suo volto, lacrime che stavano cercando di lavare via come si sentiva sporco in quel momento, lacrime che vennero asciugate dalla madre.

H: **Mamma... Portami via... Non riuscirei a guardarlo negli occhi... Non riuscirei a stargli vicino... Ti prego portami via...**

Madre: **Hyun... Figlio mio così lo perderai...**

H: **Come potrebbe stare insieme a me dopo ciò mamma... Come può guardarmi e non provare disgusto... Come può... Come può continuare ad amarmi così sporco.**

La donna guardò suo figlio con le lacrime l'abbraccio e anche se era sbagliato voleva assecondare il suo volere, prese il telefono e chiamò l'unica persona che poteva aiutarli, dopo la chiamata prese il figlio e lo lavo, aveva notato che evitava di guardare il suo riflesso nello specchio.

Avevano preparato le valigie ed erano arrivati all'aeroporto, la donna diede il telefono al figlio e gli fece un debole sorriso.

Madre: **Chiamalo e digli almeno una scusa...**

Doveva chiamarlo e vero, doveva dirgli almeno qualcosa perché il giorno dopo non l'avrebbe trovato, fece il suo numero e aspetto che rispondesse e una volta che sentì di nuovo la sua voce altre lacrime lasciò scendere.

T: **pronto?**

H: **T-tae...**

T: **Hyun? Ma che ore sono... Piccolo sono le tre di notte che succede?**

H: **Ti chiamo dall'aeroporto... Sto partendo.**

Quelle parole per Taehyung furono strane e dolorose da sentire, non capiva in quel momento perché Hyunjin stesse partendo, non capiva perché dopo la gioia di quella sera ora vi era tristezza, ma la cosa che più non capiva era perché quelle parole sembravano un addio.

T: **perché Hyun che succede?**

H: **Mio padre è peggiorato... La mamma è in pensiero e quindi stiamo partendo...**

Hyunjin cercava di nascondere i singhiozzi, cercava di non crollare.

T: aspetta mi preparo e parto con voi piccolo, dammi venti minuti e sono da voi.

H: No Taehyung... Andremo solo noi due.

T: Perché sembra come se mi stessi lasciando?

Quella domanda ferì Hyunjin ma sapeva che era l'unica soluzione, strinse la mano di sua madre e prese un profondo respiro tenendo gli occhi chiusi.

H: Mi dispiace... Avrei voluto svegliarmi domani mattina e stare insieme a te a fare colazione, avrei voluto passare la giornata con te... Ma a quanto pare il destino ci è contro... Non so quanto tempo rimarrò lì quindi per ora sarebbe meglio se...

T: Non dirlo piccolo, ti prego non pronunciare quelle parole.

Taehyung si era messo seduto appoggiando la testa alla testiera del letto guardando il soffitto, sentiva male al cuore.

T: Chiamami quando arrivi... Fammi sapere come va...

H: Tae...

T: Hyun... Ti amo...

Non riuscì più a sopportare quella telefonata, non riuscì più a trattenersi dal piangere e farsi sentire da Taehyung, avrebbe dovuto rispondere con anche io ti amo, ma non riusciva a dire niente e non riusciva a portare avanti quella chiacchierata.

T: Non devi rispondere piccolo... Io sarò sempre qui per te anche se non staremo insieme, sarò qui solo per te e ti aspetterò...

H: Mi dispiace... Mi dispiace...

T: Anche a me amore mio... Ma vai tuo padre e più importante in questo momento.

Se solo Taehyung avesse saputo il vero motivo, se solo quella notte fosse andata differente, nessuno dei due in quel momento avrebbe sofferto, nessuno dei due si sarebbe detto addio in quel modo.

T: **Hyun posso chiederti una cosa sola?**

H: **Tutto quello che vuoi...**

T: **Non dimenticarti mai di me, non dimenticarti mai di ciò che siamo stati perché sono stati i momenti più belli della mia vita, non dimenticare ciò che abbiamo provato...**

H: **Non lo farò Tae... Perché tu sei e sarai sempre una parte importante di me... Sarai il mio dolce ricordo che custodirò sempre.**

Finì così la loro chiamata, Hyunjin salì su quell'aereo lasciando il suo cuore lì mentre Taehyung lasciò scendere una sola lacrima che asciugò subito, voleva odiare tutto ciò ma l'unica cosa che fece era sorridere.

T: **Addio amore mio.**

H: **Addio amore mio.**

Un addio sussurrato nella notte nello stesso momento da due ragazzi che si amavano ma il destino aveva voluto dividerli mettendo la scritta fine a tutto.

13. Nuovo inizio...

Erano passati i giorni così come le settimane e Taehyung chiamava ogni sera Hyunjin per sapere come stava il padre e come andavano le cose lì, ogni volta si parlavano attraverso quello schermo dove guardava il ragazzo che amava sempre più diverso, il suo viso era diventato più magro, aveva gli occhi gonfi e con le occhiaie ma ogni volta che il moro provava ad aprire il discorso Hyunjin lo faceva cadere sul nascere inventato la scusa che doveva andare riattaccando, non capiva cosa stesse succedendo, non capiva perché ora lo sentiva così distante, non capiva più niente di tutto ciò ma era sicuro di una cosa voleva vederlo e toccarlo ma quando lo disse al castano lui aveva negato, gli aveva detto di smetterla di farsi del male così e che era meglio limitare le chiamate una volta a settimana, gli aveva detto che era meglio per entrambi per non farsi ancora più male di quello che si stavano facendo e così successe che le loro chiamate diminuirono fino a diventare quasi inesistenti.

Taehyung sperava che fosse solo un periodo che la loro lontananza fosse dovuta solo dal fatto che Hyunjin era in pensiero per il padre e vedendo che nessuno gli era vicino voleva agire così per non farli stare male, anche se male ci stavano e anche parecchio, il moro molte volte aveva chiesto a Felix di chiedergli le cose di poter stare mentre erano in video chiamata nella stessa stanza, ma il ragazzo gli aveva detto che era inutile perché Hyunjin piano piano si stava allontanando anche da lui, il ragazzo che aveva pensato che sarebbe stato vicino a lui per sempre alla fine era andato via allontanando tutto e tutti.

Quei giorni per Hyunjin erano solo un incubo continuo, quando la notte si metteva sul letto l'unica cosa che sognava era quella notte, vedeva Taehyung che faceva l'amore con lui per poi diventare quell'uomo e molte notti si era ritrovato a svegliarsi urlando nella notte, molte volte la madre era corsa in camera sua insieme al padre trovandolo sotto la doccia seduto mentre l'acqua gli correva addosso e piangeva, si sentiva sporco… Era sporco, molte notti non dormiva per paura di rivedere quella notte, aveva iniziato a mangiare anche di meno avendo lo stomaco chiuso e sua madre soffriva nel vederlo così avrebbe voluto fare di più ma gli aveva promesso di non fare niente, aveva fatto quella promessa al figlio mentre dai suoi occhi scendevano lacrime bagnando il suo viso, gli aveva fatto quella promessa sapendo che stavano soffrendo entrambi.

Hyunjin stava soffrendo anche per la lontananza con la persona che amava, quei giorni che si vedevano per telefono faceva fatica a guardarlo negli occhi e teneva sempre lo sguardo basso ma sapeva che il moro era preoccupato, sapeva che stava soffrendo come lui quindi quando prese la decisione di dare un taglio quell'ultimo briciolo di cuore che gli era rimasto si frantumò definitivamente, quel giorno fu quello dove il vero Hyunjin morì definitivamente lasciando posto solo a un contenitore vuoto e senza più sentimenti, lasciandolo solo nel suo vuoto, lasciando tutto e tutti.

Sapeva che stava sbagliando, sapeva che doveva dire tutto ma la paura del loro giudizio, la paura di vedere quello sguardo che lo schifava da parte del moro, il sentirsi sporco dentro e fuori, quello sporco che ti rimane dentro e non sparisce mai, quello sporco che ti marchia a fuoco facendoti sentire sbagliato, quello sporco che tutti dicono presto sparirà ma ti rimane dentro anche dopo tempo.

Era passato un anno Taehyung e Hyunjin ormai non si
sentivano quasi più se non solo con alcuni messaggi, il moro
aveva deciso di provare a dimenticarlo ma era difficile
quando una persona ti entra fin dentro le ossa, aveva
iniziato una relazione da pochi giorni solo per non sentire
più Jimin e Felix rompergli ogni minimo minuto, ma non era
semplice ridare una parte di te quando quella appartiene
sempre a un altro.

Jm: **Allora Tae come va con San?**
Felix: **Siete già stati a letto insieme?**
Taehyung sospirò alzando il viso dal disegno per un cliente
portandolo sui ragazzi, pensavano che una volta andato a
letto con San allora sarebbe stato differente ma non era così
facile.

T: **Va... E no, niente letto ancora... Ragazzi è difficile ok?**
Anche se passato un anno e non ci sentiamo quasi più lui
era importante per me, ed è difficile adesso ricominciare
con una persona che neanche riesce a capirmi...
Jm: **Amico so che difficile... Ma penso che Hyun non**
vorrebbe che tu ti escludessi di trovare la felicità con altri.
Erano vere le parole di Jimin, quando giorni prima aveva
detto a Hyunjin che aveva iniziato una relazione lui subito
gli aveva detto che era felice per lui e che meritava di essere
felice, eppure aveva sperato che con quella notizia il castano
fosse tornato da lui, che gli avrebbe urlato contro che era suo
e non doveva stare con nessun altro ma non fu così.

T: **Lo so, lui mi ha detto esattamente che merito di essere**
felice con altri.
Jm: **Allora impegnati capito?**
Felix: **Andrà bene vedrai.**
I due ragazzi sorrisero all'amico lasciandolo solo nel suo
lavoro anche se il suo pensiero andò a Hyunjin.

In quell'anno Hyunjin grazie all'aiuto dei suoi genitori aveva cominciato piano piano a riprendere la sua vita in mano, aveva ancora timore a uscire da solo ma stava migliorando, la notte il suo sonno era diventato meno agitato ma ogni tanto vi erano quelle notti in cui si svegliava in piena notte urlando e lasciando uscire altre lacrime, ma anche quelle stavano diminuendo.

Padre: **Senti Hyun volevo farti una proposta.**

H: **Dimmi.**

Padre: **Vorrei che prendessi il mio posto in azienda, così che un giorno rimanga a te.**

H: **Papà... Ne sei sicuro io non ci capisco niente di azienda.**

Padre: **Più che sicuro figliolo, finché potrò ti insegnerò tutto.**

H: **Io però...**

Padre: **Per quello non ti devi preoccupare sarai nel mio studio e solo con la segretaria avrai a che fare...**

Madre: **Hyun prendilo come una nuova opportunità per ricominciare, ne hai bisogno.**

Hyunjin guardò i suoi genitori per poi abbassare lo sguardo, sapeva che avevano ragione, lui doveva ricominciare e doveva farlo lì, doveva iniziare a lasciare il passato alle spalle anche se quello faceva ancora male in parte.

H: **Va bene ci proverò.**

Padre: **Allora vai a vestirti inizi oggi.**

Madre: **Lavoreremo tutti insieme e un giorno mi toccherà chiamarti capo invece che figlio.**

La madre rise coinvolgendo anche il padre, Hyunjin fece un lieve sorriso anche se dentro non era felice, ma doveva ricominciare come lo stava facendo anche Taehyung che meritava di essere felice.

Già meritavano di essere felici, lo meritavano stando insieme, ma il destino era stato crudele con uno facendolo soffrire dividendoli, chiunque può dire rimani e lotta, rimani che presto passa tutto, ma nessuno capirà fino in fondo quando alcune situazioni ti lasciano il marchio, puoi mostrarti con il sorriso ma quel sorriso sarà un sorriso falso e senza sentimento, perché dentro quella persona si sentirà sempre sporca e non degna di stare vicino alla persona che ama, uno sporco che rimane e non va via facilmente.

Avevano ricominciato le loro vite lontano l'uno dall'altro, Taehyung aveva provato ad avere relazioni su relazioni ma non avendo successo decise di darsi alle scopate occasionali solo per soddisfare il suo piacere e quello per ora gli andava bene, anche perché non riusciva a togliersi dalla mente il castano che aveva lasciato il suo marchio nel suo cuore mentre Hyunjin dopo la morte del padre prese il suo posto, c'era voluto molto tempo prima che potesse fidarsi di qualcuno e avere di più, era riuscito a trovarlo in un collega Luke, stava bene all'inizio era una semplice amicizia e a lui andava bene almeno fino a quando non iniziò ad avere problemi in azienda e Luke l'aveva costretto ad accettare un contratto matrimoniale, gli sarebbe stato bene se solo non avesse minacciato sia sua madre che Taehyung di fargli del male, già lui sapeva del moro e anche se erano passati alcuni anni Hyunjin ci teneva ancora molto a lui perché volendo o no lui era marchiato nel suo cuore, provò a lottare all'inizio ma quando vide che sulla sua scrivania vi erano alcune foto del moro allora lì capì che non aveva altra scelta se non accettare.

Luke non lo amava voleva solo il suo patrimonio e fino a quando toccava solo quello non gli interessava minimamente a Hyunjin, ma il peggio venne quando oltre quello aveva cominciato a toccarlo contro la sua volontà, era cominciato con uno schiaffo, aveva continuato con un pugno usandolo come sfogo, non contento aveva deciso di affrettare i preparativi delle nozze volendole celebrare nella città natale di Hyunjin, voleva dimostrare a tutti che lui aveva vinto e aveva avuto ciò che voleva, voleva dimostrare a l'unica persona che avrebbe realmente ferito che ora era suo.

Hyunjin era vuoto e spento e nessuno sapeva di tutto ciò che stava passando se non solo la madre che ancora una volta non poteva dire niente perché promesso, ancora una volta stava vedendo il figlio soffrire impotente di fare qualcosa per salvarlo, ma per Hyunjin sacrificarsi per lei e il moro non era un obbligo ma lo faceva con il cuore perché fin quando loro stavano bene lui era felice, doveva sorridere mentre attraversava quella navata, aveva imparato a fingere, ma tra tutta quella gente avrebbe voluto vedere proprio Taehyung, avrebbe voluto almeno per un ultima volta vedere il suo sorriso, ma l'unico sorriso che vide era quello dell'uomo che stava per sposare e che non appena gli aveva detto di sì, si avvicino al suo orecchio sussurrandogli parole che mai avrebbe voluto sentire.

Luke: **Ora te lo posso dire… Mi e piaciuto quella notte distruggere la tua vita e quella del tuo ex, averti in quel vicolo e stato così soddisfacente… Sei così debole, così patetico ma non preoccuparti mi occuperò io di te adesso.**
Non riuscì neanche a rispondere, la sua mente era ferma così come il suo cuore, tutto tornò a galla come se non aspettasse altro, quella notte finita bene tra lui e Taehyung per poi trasformarsi in un incubo, tutto ciò che successe dopo, tutto tornò, si girò verso gli invitati come un automa mettendo su quel sorriso falso che tanto odiava incontrando per un attimo gli occhi dell'unica persona che voleva al suo fianco

lasciando uscire delle lacrime che tutti pensavano che erano per gioia ma in realtà erano lacrime di dolore e pentimento di non essere stato forte.

14. Verità

Un anno dopo il matrimonio

POV Hyunjin

Stavo correndo verso casa per prendere dei documenti che avevo dimenticato quella mattina, avevo ripreso a lavorare pur di non stare ore e ore dentro quella casa che ogni minuto mi ricordava l'errore più grande che avevo fatto, quelle mura che avevano visto giorno dopo giorno la mia sofferenza e che continuavano a vederla durante la notte l'unico momento in cui eravamo insieme, l'unico momento dove parecchie volte avrei voluto arrendermi, dove l'unica cosa che mi mandava avanti era il viso della persona che amavo veramente e che mi mancava, il tuo viso Taehyung.
Sospiro mentre fermo la macchina e spero che lui non sia in casa, ma sembrava che il destino mi sia sempre contro perché la sua macchina era parcheggiata proprio nel garage ma vi era anche una macchina a me sconosciuta, pensai che era qualche collega visto che a volte lavorava da casa e si faceva portare il tutto dal suo segretario, ma pensiero più sbagliato non ci fu perché non appena misi piede in casa strani rumori arrivarono alle mie orecchie, rumori che in realtà erano gemiti, seguì quei suoni fino alla camera da letto e quando aprì la porta davanti a me vi era la scena di quell'uomo mentre se la faceva con un altro, ma non mi sentì ferito, ne sentivo il mio cuore che si distruggeva anzi sul mio viso apparve un sorriso per poi scoppiare a ridere.

      H: **Continua pure non ti fermare.**
La mia voce echeggiò nella stanza, i due si fermarono portando lo sguardo su di me, il ragazzo estraneo subito si coprì e scese dal letto iniziando a vestirsi.

      Luke: **Cosa ci fai qui? Dovevi lavorare...**

Luke non si scompose più di tanto rimanendo fermo sul letto mentre mi osservava con quel suo sorrisino che avrei tanto voluto distruggere.

H: **Già dovevo lavorare e ho dimenticato dei documenti... E per fortuna che l'ho dimenticati... Perché adesso ho un motivo in più per chiedere il divorzio.**

Già ne aveva parlato con mia madre e anche grazie a lei avevo deciso di dare fine a tutto quel male che stavo subendo, avrei scritto fine a quel capitolo della mia vita e se il destino voleva avrei recuperato le persone a cui tenevo, e se potevo riavere nella mia vita anche Taehyung.

Luke a sentire la parola divorzio cambio espressione di viso, ora non aveva più quel sorrisino beffardo ma una linea piatta, si alzò dal letto sorpassando il suo amante avvicinandosi pericolosamente a me afferrandomi alla gola stringendo la presa sbattendomi al muro, porto subito le mani sulla sua cercando di liberarmi dalla stretta ferrea, anche l'amante si avvicinò per fermarlo ma venne spinto all'indietro.

H: **L-lasciami... Lasciami andare...**

Luke: **Non se ne parla, vuoi il divorzio? Non avrai niente, solo la morte potrebbe liberarti di me.**

La morte aveva detto? Ci aveva pensato sempre in quel periodo e se era l'unica soluzione avrei affrontato quel passo a testa alta e finalmente sarei stato libero, libero di non avere più paura la notte prima di tornare a casa, paura di stare lì in quel momento.

H: **Allora uccidimi perché io avrò il divorzio che tu lo voglia oppure no.**

Luke: **Stupido moccioso se vuoi morire ti accontento subito.**

Non mi diede neanche tempo di rispondere che sentì un dolore allo stomaco e poi un altro ancora, aveva cominciato a colpirmi più e più volte, dallo stomaco era passato al viso e lì cominciai a sentire il sapore del sangue, un sapore che per me era sempre stato dolce ma amaro allo stesso tempo, cercavo di difendermi ma più provavo e *più le forze cominciavano a mancarmi, la vista era offuscata dalle lacrime che avevano iniziato a scendere e sentivo tutto ovattato per via dei colpi ripetuti sulla testa.*

Sento le urla del suo amante che cerca di fermarlo e di allontanarlo da me ma a niente servono i suoi tentativi, ormai mi arrendo non avendo più la forza di combattere ma alla fine era ciò che volevo no? Trovare la fine di tutta questa storia e se la morte era l'opzione andava bene, penso che ormai sia arrivata la mia ora perché comincio a sentire sonno e voglio chiudere gli occhi, strano sento delle lacrime sul mio viso e un tocco che non conosco che mi dice di resistere, ma non voglio resistere voglio solo dormire così sorrido debolmente per poi addormentarmi pensando a te amore mio.

POV Taehyung

Che strano oggi non mi sento tanto tranquillo e continuo a guardare nervoso il telefono, non so perché ma mi vieni in mente tu piccolo, non ascolto neanche ciò che Jimin e Felix dicono fino a quando non vedo un numero sconosciuto chiamarmi, di solito non rispondo sapendo che sono operatori o persone che ti vogliono dare la fregatura di qualche vendita, eppure sento che questo numero sia diverso quindi rispondo e quando sento la voce di tua madre rotta dal pianto che mi implora di raggiungerla all'ospedale non ci metto niente ad alzarmi da quella sedia e uscire dal bar seguito dai ragazzi, giuro non ho mai guidato così veloce come in quel momento rischiando persino un incidente ma il tuo nome sussurrato a quel modo da tua madre echeggia ancora nella mia testa e subito penso alla fine, Jimin e Felix cercano di rassicurarmi e aspettare che arriviamo per capire.

Capire ecco cosa voglio, capire cosa ti è successo e presto lo saprò, arriviamo in ospedale e me ne frego di sentire le infermiere urlarmi contro di non correre ma ho bisogno di raggiungerti, di sapere cosa ti è successo, vedo tua madre in lontananza sorretta da un infermiere che piange mentre due agenti le stanno parlando ma appena mi vede lei corre verso di me abbracciandomi, subito la stringo a me cercando di farla calmare.

T: Ti prego dimmi che succede... Dove si trova Hyun... Yuna parla ti prego.

Volevo sapere ma quel sapere non sapevo che faceva così male, non sapevo che il mio cuore si sarebbe rotto di nuovo sapendo ciò che hai passato, sapendo tutta la verità che tu mi avevi nascosto, quella notte sei andato via con la paura che ti allontanassi e non ti avrei più voluto, mi poggiò al muro lasciandomi scivolare fino a sedermi su questo freddo pavimento porto le mani tra i capelli mentre continuo a sentire tua madre piangere e Jimin con Felix che cercano di farla tranquillizzare.

Non so quanto tempo sono stato seduto qui ma appena sento un dottore parlare mi alzo di scatto volendo solo sapere come stai.

T: **Dottore come sta?**

Yuna: **Mio figlio... Mi dica se sta bene.**

Dottore: **Le condizioni in cui è arrivato erano molto critiche, a fatica siamo riusciti a farlo rimanere con noi...**

T: **Ma?**

Il dottore mi guarda con uno sguardo triste lasciando uscire un sospiro.

Dottore: **Il ragazzo è vivo... Ma in coma.**

In coma... Questa parola continua a martellarmi la testa, sento il dottore dire che non sa quanto durerà questo tuo sonno, vorrei fermare il tempo e tornare indietro, vorrei tornare a quando tutto era semplice ed eravamo felici, vorrei non essere mai entrato in quella stanza dove tu giacevi su quel letto con tutti quei tubi attaccati, vorrei non averti mai visto in queste condizioni, passo la mano leggera sul tuo viso sfigurato da lividi e tagli, quel viso che ho sempre amato guardare, quelle labbra così piene ora sporche e rotte da piccoli tagli ma non mi importa gli lascio un lieve bacio, sono uno stupido a sperare che come nella favola della bella addormentata tu ti sveglia con un bacio? Si forse sono uno stupido a pensarlo perché non vedo i tuoi occhi aprirsi e mostrarmi quel verde intenso come uno smeraldo guardarmi, non vedo un sorriso formarsi sulle tue labbra, non vedo tutto ciò se non solo le ferite di ciò che ti ha fatto quel maledetto.

Passano le ore, passano i giorni come i mesi e tu sei ancora lì sdraiato mentre dormi, il tuo viso e tornato bello come un tempo e sai ti sono cresciuti i capelli che ti rendono ancora più bello, ma non hai bisogno di questo per essere bello perché tu lo sei sempre amore mio, passo tutto il mio tempo qui a parlare con te, all'inizio e stato difficile non volevo uscire da questa stanza ma dopo tre giorni Jimin mi aveva preso di peso e portato via, mi aveva urlato contro che facendo così non avrei risolto niente e se tu eri sveglio ti *saresti arrabbiato molto con me, ha ragione se tu mi avresti visto in quelle condizioni mi avresti preso e tirato le orecchie e mi avresti mandato di corsa a casa, mi siedo su questa sedia che ormai ha la forma del mio didietro per le volte che ci sono sopra e rido di questo stupido pensiero, prendo la tua mano stringendola e tengo lo sguardo sul tuo viso iniziando a raccontarti la mia giornata, questa e la mia routine ormai.*

15. Chi sei?

Quei giorni che passarono per Taehyung furono le peggiori, persino di quando l'aveva lasciato, furono le peggiori perché il ragazzo che amava era lì immobile su quel letto e non dava segno di volersi svegliare, le sue giornate erano diventate una routine dove lavorava e poi andava da lui passando la notte in quell'ospedale dove il dottore alla fine fece mettere anche una poltrona in modo che potesse dormire almeno comodo, ma lui passava puntualmente le notti seduto a quella sedia mentre stringeva la sua mano, si il mattino dopo si svegliava con il mal di schiena ma non gli importava pur di tenere la mano del castano, si occupava di lui come se fosse un bambino, lo lavava, lo medicava quando c'era bisogno, aveva persino imparato a tagliare i capelli, si prendeva cura di lui sotto lo sguardo triste della madre del castano e degli infermieri che osservavano ogni suo movimento ma sorridendo perché vedevano nei gesti e negli sguardi di Taehyung un amore vero, un amore che aveva superato vari ostacoli.

T: **Piccolo tra poco e ora di cena che dici ordiniamo cinese? Ti piacciono ancora i ravioli? Oppure no?... Che stupido siamo stati tanto tempo lontani che non so se i tuoi gusti siano ancora quelli oppure no... Ci siamo persi per molto piccolo che ora sembriamo due estranei, ma ti giuro che farò di tutto appena ti svegli per recuperare ciò che eravamo.**

Taehyung guardò Hyunjin lasciando una dolce carezza sul suo viso, aveva deciso di ordinare tutto quello che piaceva al castano e per fortuna aveva ordinato tanta roba perché dopo pochi minuti si unirono a lui Jimin e Felix iniziando a fare casino come loro sapevano fare, però il moro ringraziava che erano lì a sostenerlo, sapeva che il castano mancava anche a loro specialmente a Felix e che erano molto legati, ricordava ancora come all'inizio della loro relazione era geloso del loro rapporto e che passavano molto tempo insieme però con molta calma e pazienza Hyunjin gli fece capire che non doveva esserlo perché alla fine aveva lo stesso rapporto che lui aveva con Jimin, meno male che l'aveva capito perché poi diventò uno dei migliori amici che gli fu acanto quanto serviva anche se quando venne a sapere che aveva baciato Jimin gli diede un forte cazzotto ma poi l'abbracciò facendogli capire che lui ci teneva alla loro amicizia e che capiva il suo gesto.

Felix: **Cosa dicono i dottori?**

T: **Sempre il solito Lix... Sta bene, le analisi che gli fanno ogni tot giorni sono sempre uguali, il dottore mi ripete sempre che il suo risveglio dipende solo da lui.**

Jm: **Sarà stupido ma penso che a questo punto sia proprio lui che non voglia... Svegliarsi e ritrovarsi di nuovo qui ricordando l'inferno in cui stava, anche io preferirei dormire e non svegliarmi più.**

Taehyung rimase in silenzio voleva controbattere ma le parole del suo amico erano vere, chiunque nella situazione di Hyunjin vorrebbe rimanere addormentato e non svegliarsi più, chiunque vorrebbe scappare nel modo in cui stava facendo il castano, aveva passato un giorno intero a parlare con la madre di Hyunjin che gli raccontò ogni cosa, gli raccontò ciò che successe quella notte e la drastica decisione, le lacrime e gli incubi, il percorso che aveva intrapreso per stare bene fino al contratto e le minacce, gli aveva raccontato ciò che lui gli faceva e gli diceva anche le molte volte in cui quel ragazzo steso lì voleva farla finita e non svegliarsi più, di come rimpiangeva di non essere forte ma solo un debole che non era stato capace di lottare, gli aveva detto tutto, però ora le cose erano diverse, ora c'era lui a difenderlo e non avrebbe più permesso a nessuno di toccarlo, c'era lui a dargli una nuova vita e a riaverlo nella sua.

T: **Non sei stupido e le tue parole sono vere... Ma ora ci sono io e non permetterò più a nessuno di fargli del male, io lo proteggerò e non lo lascerò andare mai più via da me.**

Felix: **sono sicuro che lo farai Tae... Mi manca.**

T: **Manca anche a me amico... Mi manca tutto di lui da molto tempo, la sua voce, i suoi sguardi, i suoi tocchi, i suoi baci...**

Jimin e Felix guardarono Taehyung che aveva lo sguardo sul castano, vedevano la sofferenza celata nei suoi occhi, il non poter fare più di tanto avendo le mani legate, finirono di cenare nel completo silenzio che veniva interrotto ogni tanto dal suono del bip del battito del cuore di Hyunjin, andarono via dopo cena lasciando il moro solo che si mise seduto di nuovo affianco a quel letto, prese la mano del castano stringendola portandola vicino le sue labbra lasciando un lieve bacio sul dorso.

T: **Piccolo... Sai che non sono il tipo da essere sentimentale e dolce, so essere stronzo e tu lo sai ma sono sicuro che ti sia sempre piaciuto la mia stronzaggine, però stavolta farò un'eccezione... Un'eccezione perché ho bisogno di sfogarmi e di dirti tutto...**

Sono incazzato con te sai? Sei stato un emerito stronzo mi hai lasciato quando potevamo risolverla insieme, mi hai lasciato e il mio cuore si è rotto come un vaso quando cade a terra frantumandosi in mille pezzi, mi hai fatto male molto male, tu sei l'unico che sia riuscito a ferirmi e farmi

piangere, sei l'unico che anche se mi ha fatto incazzare e ferito ho amato più della mia stessa vita e che ancora dopo anni amo, si perché non ho smesso di amarti.
Penso di averti amato fin dal primo giorno che ti ho visto, no cosa dico non lo penso ne sono sicuro, sei stato la mia luce quando non vedevo alcuna via d'uscita, sei il mio primo vero amore Hyunjin, sei il mio cuore, la mia vita, e io ho bisogno di te amore.
Ho bisogno delle tue carezze, dei tuoi abbracci, di sentire ancora quelle labbra sulle mie ma soprattutto ho bisogno di perdermi di nuovo in quegli occhi verde smeraldo, ho bisogno di tutto questo.
Perciò amore mio ti prego risvegliati, fallo per noi adesso, fallo per la nostra felicità, fallo per creare dei ricordi felici insieme e stare finalmente insieme come era destino fin dall'inizio.

Taehyung diede un bacio sul dorso della mano di Hyunjin, non si era neanche reso conto di aver ricominciato a piangere fino a quando non vide la sua mano e quella del castano bagnate da piccole gocce trasparenti, non perse tempo ad asciugarle non gli importava in quel momento, non gli importava se qualcuno entrando l'avrebbe visto, in quel momento l'unica cosa di cui gli importava era che lui si svegliasse e gli sorridesse, voleva tornare a perdersi in quegli occhi che tanto amava guardare, rimase così per tanto tempo fino a quando non crollo con la testa sul letto tenendo ancora la sua mano, ma forse quelle parole dette a cuore aperto e piene di dolore ma anche amore erano arrivate al cuore del castano che mentre il moro dormiva gli strinse la mano.

Taehyung dormiva così bene che non voleva aprire ancora gli occhi ma sembrava che qualcosa o qualcuno volesse a tutti i costi che lui si svegliasse, sentiva qualcosa che gli puntava sulla guancia e mosse la mano per toglierla sentendo subito uno sbuffare, quel modo di sbuffare però lo conosceva aprì piano gli occhi abituandosi alla luce del sole che illuminava la stanza e subito i suoi occhi incontrarono degli occhi verde smeraldo che lo guardavano, rimase immobile a fissare quegli occhi che tanto amava non credendo che fosse vero, pensava che stesse ancora sognando e quindi il suo cervello si stesse prendendo gioco di lui, ma dovette ricredersi non appena sentì la sua voce così delicata.

H: **Era ora che ti svegliassi…**

T: **Hyun.**

Taehyung si avvicinò prendendo il suo viso tra le mani e lo baciò lasciando che le loro labbra assaporassero di nuovo il loro sapore, un bacio delicato e dolce dove il moro stava dimostrando il suo amore e la gioia di averlo di nuovo. Hyunjin da quando si era svegliato era rimasto fermo a guardare quel ragazzo che stava con la testa poggiata sul suo letto e gli teneva la mano, lo guardava non capendo chi fosse anche se gli sembrava familiare, sperava che gli desse le risposte che a lui servivano per capire cosa gli fosse successo e perché si trovava lì ma mai si aspettò che proprio quel ragazzo sconosciuto lo baciasse, non sapeva per quale motivo ma sembrava che il suo cuore avesse iniziato a battere all'impazzata come se una mandria di cavalli stesse correndo a più non posso senza fermarsi, non si aspettava che quelle labbra avessero un sapore così particolare, un sapore di casa, ricambiò il bacio portando le mani su quelle del moro volendo che quel bacio durasse ancora di più quindi picchiettò la lingua sul labbro inferiore del ragazzo e quando vennero schiuse inoltre la lingua andando a intrecciarla con la sua gemella, fu proprio il ragazzo a staccarsi poco dopo poggiando la fronte alla sua sorridendo.

T: **Dio come mi sei mancato piccolo.**

H: **Scusa…**

T: **No non devi scusarti, va tutto bene ora e andrà ancora meglio quando uscirai da qui e staremo insieme.**

H: **No aspetta fammi parlare… Volevo solo chiederti chi sei?**

16. Ricordi

Era ormai due ore che Hyunjin si trovava seduto nello studio del dottore insieme a sua madre che parlavano della situazione in cui si trovava, non ci capiva niente dei termini che stava usando ma aveva capito che l'incidente avuto gli aveva portato una specie di trauma cranico dove una parte dei suoi ricordi era stata come cancellata, gli aveva detto che forse solo il tempo avrebbe fatto scoprire se lui avrebbe ritrovato quei ricordi oppure no.

Mentre continuava a sentire quelle chiacchiere i suoi pensieri andarono a quel ragazzo che appena sveglio l'aveva baciato, non gli era dispiaciuto il bacio doveva ammetterlo e aveva qualcosa di familiare ma purtroppo non ricordava chi fosse lui, però la cosa che gli rimase più impressa fu il suo sguardo triste e spento, come se gli avessero appena pugnalato il cuore.

       Madre: **Grazie mille dottore... Faremo come dice lei... Andiamo Hyun.**

La donna toccò la spalla di Hyunjin risvegliandolo dai suoi pensieri, sorrise alla madre il quale prese e iniziò a spingere la sedia a rotelle fuori dallo studio, percorsero in totale silenzio i corridoi fino alla sua stanza dove vi era il suo migliore amico insieme al ragazzo del bacio e un altro vicino a lui che gli teneva la mano sulla spalla, non doveva provare niente per quel gesto eppure sentiva come un piccolo fastidio ma non capiva il motivo.

       Felix: **Ehy amico, allora che ha detto il dottore?**

H: **In pratica ha detto che il mio incidente... Che ancora non mi avete detto com'è successo ha causato un trauma facendomi dimenticare una parte dei miei ricordi...**

Felix: **Wow... Tanta roba... Ma senti il tuo ultimo ricordo?**

H: **Che eravamo in discoteca...**

Tutti i presenti in quella stanza sgranarono gli occhi nel sentire il ricordo di Hyunjin, tutta la sua vita degli ultimi anni era come cancellata, ma la cosa che ferì di più Taehyung fu che aveva cancellato anche la vita vissuta con lui, tutti i momenti belli vissuti insieme spariti così come un soffio di vento, sospirò il moro uscendo dalla stanza seguito da Jimin, Hyunjin lo guardò non capendo perché si comportasse così quel ragazzo, non capiva niente perché loro non gli spiegavano niente.

H: **Lix... Chi è quel ragazzo? Perché ha quello sguardo triste?**

Felix: **Ecco devi sapere che lui...**

Madre: **Lui era il tuo ragazzo.**

Hyunjin pensò alle parole della madre, lui era il suo ragazzo ma allora perché non si ricordava di lui, perché ogni volta che si sforzava di ricordare sentiva una fitta alla testa come se gli stesse dicendo di non andare oltre? Voleva capire ma soprattutto ricordare e se quello era il suo ragazzo voleva a tutti i costi ritrovare quei ricordi persi dove c'era lui per vedere quello sguardo, il suo sguardo da triste tornare a felice.

Madre: **Il medico ha detto che forse portandolo in alcuni posti da lui frequentati forse potrebbe aiutarlo a ricordare.**

Felix: **Allora andremo a fare un tour della città appena esci da qui amico.**

Hyunjin ridacchiò e poi grazie all'aiuto di Felix si rimise sul letto perdendo il tempo a parlare.

Taehyung aveva bisogno di prendere una boccata d'aria, doveva uscire da quella stanza prima che desse di matto per tutta quella situazione, uscì dall'ospedale camminando verso un parco che si trovava lì vicino andando a sedersi su una panchina che si trovava davanti uno stagno, tirò fuori un pacchetto di sigarette prendendone una portandola tra le labbra, cercò l'accendino da tutte le parti non riuscendo a trovarlo ricordandosi poi di averlo lasciato sul comodino nella stanza di Hyunjin in ospedale, sbuffò per quella cosa ma si sorprese quando una fiamma si accese davanti a lui alzò gli occhi notando che era Jimin che gli sorrideva, avvicinò la sigaretta alla fiamma facendo un tiro per accenderla per bene, fece un profondo respiro lasciando che il sapore della nicotina si espandesse nella sua gola per poi lasciare uscire una nuvola di fumo bianco che si perse nell'aria.

Jm: **Forse la domanda è stupida, ma come stai?**
T: **Come vuoi che stia Jimin, tutto ciò che avevamo e stato cancellato, i nostri momenti, le nostre risate, i litigi, le carezze, i baci e le volte che abbiamo fatto l'amore... Tutto cancellato come se niente fosse... E non capisco perché... Perché anche me ha cancellato.**
Jm: **Non lo so Tae, non so perché anche tu non esista più nei suoi pensieri... Ma sono sicuro che presto torneranno e sarete felici.**

Jimin mise una mano sulla spalla di Taehyung sorridendogli, il moro sapeva che aveva ragione sul ritorno dei ricordi ma con i bei ricordi potevano tornare anche i brutti, diede un altro tiro alla sigaretta lasciando ancora che il sapore di nicotina gli entrasse in gola.

T: **Hai ragione... E noi faremo in modo che ricordi, e se non lo farà lo conquisterò di nuovo sono o no il grande seduttore.**

Jimin lo guardò per poi scoppiare a ridere talmente tanto forte che si dovette mettere una mano sulla pancia per il dolore delle risate.

Jm: **Una volta eri un seduttore... Ora sei solo un vecchio panzone.**

T: **Ehy non è vero non ho la pancia.**

Taehyung sbuffò per le parole dell'amico ma poi anche lui scoppiò a ridere ringraziando che gli avesse dato quel piccolo momento di tregua dai suoi pensieri e da tutto quello che era successo.

I giorni passarono e finalmente Hyunjin era uscito dall'ospedale, era tornato a vivere dalla madre e ogni giorno Felix si presentava a casa sua insieme a Taehyung e Jimin che aveva scoperto essere il ragazzo del suo migliore amico, si chiedeva quante cose aveva dimenticato ancora per ritrovarsi in quello stato con loro che lo portavano in giro per la città per aiutarlo a ricordare, ma ovunque andassero i ricordi non volevano tornare, passavano giornate intere ma niente di niente.

Felix: **Siamo andati in tutti i posti, in tutti i parchi, abbiamo passato persino una settimana a farci tutti i locali possibili che hai frequentato...**

Jm: **E ancora niente di niente...**

Hyunjin abbassò lo sguardo dispiaciuto per ciò che quei ragazzi insieme a Felix stavano facendo non ricevendo risultati, si sentiva in colpa per come stavano andando le cose e si sentiva un peso, anche lui desiderava ricordare.

T: **Non perdiamoci d'animo ok? Presto torneranno i ricordi.**

H: **Lo dici perché così possa ricordarmi di te?**

Taehyung portò lo sguardo su Hyunjin perdendosi come ogni volta nei suoi occhi verde smeraldo, si voleva che si ricordasse di lui non lo negava e mai l'avrebbe negato.

T: **Sì, voglio che ti ricordi di me... Voglio che ricordi come siamo stati felici e come ci siamo amati, voglio che torni il ricordo di ciò che siamo stati per essere di nuovo felici.**

Hyunjin non abbassò lo sguardo perdendosi anche lui nei suoi occhi color cioccolato, quelle parole che gli aveva detto erano vere e sincere, erano parole dette con il cuore e non così per dire e forse per la prima volta da quando si era svegliato riusciva a leggere dai suoi occhi un amore forte e sincero verso di lui, non sapeva neanche lui perché ma istintivamente alzò una mano poggiandola sulla guancia di Taehyung il quale si sorprese del gesto.

H: **Allora mi impegnerò per ricordare e se non succederà voglio provare ad avere qualcosa con te, non chiedermi perché ma il mio cuore dice così e io da quello che ricordo ho sempre seguito il mio cuore e il mio istinto di fare ciò che sentivo.**

T: **Si sei sempre stato così e anche per questo che ti ho sempre amato.**

Hyunjin sorrise ancora e per la prima volta di sua spontanea volontà gli lasciò un bacio vicino il lato del labbro, voleva poggiarle su quelle del moro ma non voleva affrettare i tempi.

H: **Non abbiamo un posto nostro? Un luogo dove io e te andavamo?**

A quelle parole Taehyung sorrise ricordando il loro posto, quello dove avevano avuto la loro prima volta, il loro ti amo, persino la richiesta di andare a vivere insieme, prese per mano Hyunjin portandolo fuori dal bar seguiti da Felix e Jimin entrando in macchina, mise in moto e in poco tempo erano arrivati in quel piccolo pezzo di spiaggia che aveva visto tanti loro momenti insieme.

Per Jimin e Felix era la prima volta che mettevano piede in quel posto ma per Hyunjin era diverso, lui sentiva che era

diverso, scese dalla macchina osservando come il sole
giocasse con i suoi colori sulla superficie dell'acqua mentre
spariva lasciando posto ai colori serali e alla luna, mosse dei
passi sulla sabbia avanzando verso quel posto mentre
Taehyung l'osservava vicino la macchina insieme ai ragazzi.
Non sapeva se era merito del panorama o del luogo in sé ma
non appena mise piede in quel posto mille immagini gli
tornarono alla mente, le corse, i bagni notturni, le risate,
come pezzi di vetro che si rimettevano insieme tutto gli
tornò alla mente, la sua prima volta, quel bacio dato sotto la
pioggia, le loro nottate a guardare le stelle abbracciati, tutto
ciò che aveva passato con Taehyung gli tornò alla mente, ma
anche i momenti bui e tristi tornarono.
Taehyung fece un passo verso di lui e quando si girò
vedendo il suo viso rigato dalle lacrime subito lo prese tra le
mani asciugandogliele con i pollici preoccupato che fosse
successo qualcosa.

T: **Piccolo che succede perché piangi?**

Hyunjin sorrise a sentire quel nomignolo e Taehyung si
accorse dopo averlo detto ma ignorò la sua vocina che
diceva idiota perdendosi in quel sorriso così bello,
perdendosi nel suo sguardo che aveva ora una luce
differente, una luce che conosceva bene.

H: **Ricordo tutto Tae.**

E quella frase fece esplodere il cuore di Taehyung perché
finalmente il suo ragazzo aveva ricordato tutto, non gli
importava andare con calma o altro perché in quel momento
il suo cuore decise per lui lasciando che le loro labbra si
incontrassero in un bacio pieno di quell'amore che i due
ragazzi provavano l'uno per l'altro,
un bacio dolce ma al tempo stesso salato per le lacrime che i
due ragazzi stavano lasciando scendere,
un bacio che faceva battere i loro cuori all'impazzata,

un bacio che sapeva di loro e di una promessa sigillata,
un bacio un semplice e unico bacio.

17. Io e te

Erano passati dei giorni da quando Hyunjin aveva ritrovato la memoria, giorni in cui lui e Taehyung avevano passato ogni momento insieme a parlare e parlare di tutto quello che era successo, si raccontarono il dolore provato, le lacrime fatte cadere, il non riuscire a trovare una via d'uscita, ogni cosa che avevano passato in quegli anni in cui furono divisi. Non avevano affrettato neanche i tempi di fare chissà cosa, si beavano solo di piccoli baci o carezze, questa volta stavano andando realmente con calma ed era difficile contenersi specialmente per Taehyung che lo voleva di nuovo suo ma stava dando il suo tempo a Hyunjin e poi il castano era stato chiaro voleva aspettare che le carte del divorzio fossero firmate.

Quella mattina sicuramente il destino finalmente voleva dargli la felicità perché la conferma del divorzio era arrivata e non ci volle molto a prendere e uscire di casa per andare ad avvisare quell'unica persona che come lui aspettava di sapere, corse subito al locale del moro, entrò e salutò di fretta Jimin entrando subito nello studio di Taehyung che appena lo vide lo guardò subito preoccupato.

T: **Piccolo che succede?**

H: **Succede che ora niente ci terrà più divisi.**

T: **Vuoi dire che…**

H: **Sono libero… Non ho più un marito.**

Taehyung si avvicinò e prese per i fianchi Hyunjin stringendoli avvicinandolo a lui sorridendo.

T: **Quindi ora posso finalmente avere il mio ragazzo?**

Hyunjin sorrise portando le braccia attorno al suo collo.

H: Facciamo che mi offri una cena e io ti darò la mia
risposta.

T: Cena sia allora… Una cena per il mio ragazzo.

Il castano sorrise dandogli un bacio a stampo liberandosi
dalla presa, uscì dallo studio lasciando il moro con un
sorriso ampio sul volto.

Jm: Ehy cosa è successo?

T: Che finalmente noi possiamo tornare a vivere la nostra
vita.

Non servirono altre parole a Jimin per capire di cosa parlava
il suo amico, finalmente potevano iniziare a vivere di nuovo
il loro amore ancora più forte di prima.

Taehyung invece di lavorare aveva passato tutta la giornata
a organizzare la cena ma anche un'altra sorpresa che era da
molto che voleva mettere in atto, per l'occasione di quella
cena aveva optato per un pantalone nero e una camicia rossa
con i primi bottoni aperti con sopra una giacca sempre nera,
era fuori casa di Hyunjin in quel momento che appena lo
vide rimase a bocca aperta, il castano per quella occasione
aveva indossato un paio di jeans neri che fasciavano
perfettamente le sue curve, una camicia del medesimo colore
sempre con aperti i primi bottoni e una giacca lunga fino alle
ginocchia sempre nero, poteva sembrare un outfit semplice
ma per lui era semplicemente perfetto sul castano.

H: Ciao.

T: Ciao piccolo, sei semplicemente… Wow….

H: Anche tu non sei da meno.

Hyunjin si avvicinò lasciandogli un bacio delicato sulle
labbra, il moro lo prese per i fianchi avvicinandolo a sé
facendolo poggiare a lui.

T: Solo da meno? Potrei offendermi.

H: **No ok… Sei un fico bestiale dal quale mi farei sbattere qui in mezzo alla strada.**

Taehyung scoppiò a ridere per la sincerità di Hyunjin, aveva sempre amato quel suo lato.

T: **Come siamo volgari piccolo… Ma sai amo quando parli così sinceramente e mi dici certe cose.**

H: **Che sei un gran figo?**

T: **Non solo… Ma anche che ti farai sbattere da me.**

Hyunjin ridacchiò spostandosi da lui.

H: **Vedremo se la cena sarà di mio gradimento…**

T: **Allora andiamo perché ho una sorpresa.**

A quelle parole gli occhi di Hyunjin si illuminarono, il moro sapeva perfettamente che il suo ragazzo amava le sorprese quindi non aspettò oltre e gli aprì la portiera facendolo accomodare per poi salire al posto di guida ma prima di partire mise una benda sugli occhi del castano che sorrise, partì arrivando al luogo in pochi minuti scese e andò dalla parte del passeggero prendendo la mano di Hyunjin per farlo scendere, il castano ascoltò suoni che a lui erano familiari, sentiva il rumore delle onde avendo capito perfettamente dove si trovava quindi camminò con il moro per un po' fino a quando non si fermarono e la benda gli venne tolta, Hyunjin spalancò gli occhi nel vedere cosa aveva preparato il moro, davanti a lui vi era una tenda con all'interno degli asciugamani e sopra dei cuscini il tutto illuminato da piccole lanterne.

H: **E stupendo amore.**

Era da molto che non si sentiva chiamare così dal castano e per Taehyung era musica per le sue orecchie, quella serata era iniziata con il migliore dei modi lui e il ragazzo che amava seduti su quegli asciugamani a mangiare panini a ridere e scherzare del più e del meno, una serata come non la facevano da anni, una serata solo loro due.

Dopo mangiato Hyunjin si alzò e si tolse la giacca per poi iniziare a spogliarsi sotto lo sguardo famelico di Taehyung che non si perdeva nemmeno un movimento.

T: **Hyun... Cosa fai?**

H: **Un bagno nudo... Vieni?**

Si tolse la camicia facendola scivolare lungo le braccia togliendo poi i boxer buttandoli in faccia a Taehyung camminando poi verso la riva, il moro si alzò di fretta spogliandosi ma ci mise più del previsto perché continuava a tenere lo sguardo sul di dietro del castano, lo raggiunse prendendolo per i fianchi da dietro poggiando il suo petto alla schiena di Hyunjin.

T: **Hyun ti desidero così tanto.**

Sussurrò al suo orecchio mordendo il suo lobo.

H: **Allora prendimi perché ti voglio anche io.**

Taehyung prese e fece girare Hyunjin prendendolo dalle cosce facendo allacciare le sue gambe alla sua vita portando le labbra sul collo del castano prendendo un lembo di pelle tra di esse succhiandolo, cominciò a camminare in acqua fino a quando non gli arrivò fino al petto.

Mentre camminava dalle labbra del castano uscirono lievi ansimi di piacere per lo strusciare delle loro erezioni, quegli ansimi che fecero eccitare di più il moro che portò le sue mani sulle sue natiche stringendole avvicinando di più il corpo di Hyunjin al suo il quale portò una mano tra i suoi capelli stringendoli con l'eccitazione che in quel momento era tanta e avrebbe voluto sentire di nuovo Taehyung dentro di lui, ma voleva godersi ogni minimo momento.

Taehyung voleva sentire uscire dalle labbra del castano quei gemiti che tanto amava, voleva godersi quel momento dove finalmente l'aveva tra le sue braccia, voleva godersi ogni minimo particolare, assaporare la sua pelle che ora sapeva di sale, lo voleva così tanto che solo a sentire i suoi ansimi aumentare sarebbe venuto, portò due dita vicino l'entrata del castano inserendole lentamente continuando a lasciare baci e morsi sul suo collo, una volta tutte dentro le mosse da prima lente per poi aumentare sentendo come dalle labbra che tanto amava iniziassero a uscire gemiti di piacere. Hyunjin portò le labbra vicino l'orecchio di Taehyung succhiando il suo lobo lasciando poi dei lenti e umidi baci sulla sua pelle salata fino alla sua spalla dove prese un lembo di pelle succhiandolo, sentì il respiro del moro farsi più pesante, si staccò dalla sua spalla portando lo sguardo in quello color cioccolato del moro, Taehyung tolse le dita riportando le mani sulle sue natiche uscì dall'acqua andando verso gli asciugamani adagiando il castano su di essi perdendosi a guardarlo completamente nudo.

T: **Non importa quanto tempo sia passato, non importa ciò che successo... Per me piccolo tu sei sempre bellissimo, tutto di te lo è... Forse dovrei aspettare per chiedertelo ma come una volta tu mi dissi non c'è mai il momento giusto...** Taehyung portò una mano sulla sua guancia accarezzandola.

T: **Hyun vuoi sposarmi?**

Hyunjin sgranò gli occhi a quella domanda, si lui e Taehyung avevano sempre affrettato ogni tappa ma quella tappa non era affrettata, quella tappa era così desiderata ancora prima di tutto ciò che succedesse, quella tappa era ciò che serviva a entrambi per ricominciare realmente. Taehyung pensava che aveva affrettato troppo e si stava pentendo della sua domanda ma dovette ricredersi non appena sentì le mani del castano sulle sue guance e un sorriso formarsi sul suo viso.

H: **Questo è il momento giusto amore mio, perché nessun altro momento sarebbe stato perfetto come questo, un momento dove finalmente siamo Io e Te... Quel momento**

dove io dico di sì perché desidero essere tuo anche sulle carte.

Sul volto di Taehyung si formò un enorme sorriso che venne subito baciato dolcemente da Hyunjin per poi essere approfondito, si assaporarono si morsero e succhiarono le labbra a vicenda, intrecciarono le loro lingue iniziando una lotta per chi doveva avere il comando di quel bacio lasciando che milioni di brividi scorressero lungo le loro schiene, il moro si posizionò meglio tra le gambe del castano inoltrando la sua erezione tra le sue carni calde e umide, gemettero entrambi per la sensazione di piacere che stavano provando, Hyunjin avvolse le gambe attorno alla vita del moro stringendosi di più a lui godendosi quella sensazione di piacere che per molto tempo aveva dimenticato, quel piacere che negli anni passati aveva provato solo con lui, quel piacere che lo faceva sentire di nuovo unito alla persona che amava, Taehyung portò una mano sulla natica del castano stringendola godendosi quel piacere che da tanto non provava più, quel piacere che lo faceva uscire di testa, quel piacere che neanche con le scopate occasionali riusciva più a provare, si spinse di più in lui iniziando a muoversi da prima lento per poi aumentare l'andatura.

Si amarono sotto quella luna lasciando che i loro gemiti lasciassero posto a quel silenzio,

si amarono sentendosi di nuovo uniti,

si amarono lasciando che i loro cuori battessero di nuovo insieme,

si amarono lasciando che il loro amore finalmente venisse vissuto.

Vennero insieme gemendo il loro nomi rimanendo stretti l'uno a l'altro godendosi il calore delle loro pelli nude, Hyunjin accarezzò i capelli del moro il quale ancora dentro di lui rimase poggiato sul suo petto beandosi di quel tocco che tanto gli era mancato, si bearono di quel silenzio caduto tra i due ma non un silenzio pesante ma uno di quelli dolci dove le parole non servivano, si bearono di loro due insieme.

H-T: **Io e Te**

Sussurrarono quelle due parole insieme sorridendo perché il destino dopo tanto aveva deciso che avevano sofferto troppo quei due ragazzi lasciando che finalmente il loro lieto fine arrivasse, lasciando che due ragazzi si amassero.

18. Vodka pesca & Gin lemon

POV Taehyung

Sono qui in questa stanza a guardarmi allo specchio osservando la mia figura e sento attorno a me tutti che corrono a destra e sinistra per prepararsi e sistemare le ultime cose, non riesco a smettere di guardarmi allo specchio mentre indosso questo abito elegante nero, continuo a guardare quel sorriso che si è formato sul mio volto da giorni ormai, mi osservo e mi sento felice di tutto ciò perché tra pochi minuti io e te saremo davanti quell'altare a coronare il nostro sogno, saremo io e te insieme definitivamente.
Vengo risvegliato dai miei pensieri da una mano sulla mia spalla e un sorriso amico che cerca di farmi rilassare, già sono così teso che potrei fare concorrenza a una corda di violino.

Jm: **Rilassati amico... Vuoi un drink?**
T: **Solo uno non di più voglio arrivare all'altare sobrio.**

Jimin mi sorrise andando vicino al bancone iniziando a preparare il mio drink preferito, quel drink che quando ti ho baciato per la prima volta si era mischiato al tuo sapore di vodka alla pesca, ancora dopo anni ricordo perfettamente quell'unione di sapori che mi ha fatto impazzire, chissà se anche tu sei nervoso come me in questo momento ma conoscendoti sicuramente si, starai assillando quella povera donna di tua madre e Felix con le tue paranoie e sono sicuro che starai anche piangendo.
Prendo il mio drink dalle mani di Jimin e lo butto giù tutto in una volta e il suo sapore invade già la mia gola, mi ci voleva proprio, guardo il mio amico ringraziandolo per poi fare un profondo respiro e uscire da quella stanza per raggiungere l'altare dove ti

aspetterò, più mi avvicino e più sento tutto il nervoso ritornare e invadere ogni parte del mio corpo non smetto di torturare il mio labbro continuando a morderlo gesto che nota mia madre dandomi un colpo sulla spalla, sospiro per poi rivolgergli un dolce sorriso. Fino a qualche giorno prima non ci volevo credere all'ansia da matrimonio eppure sono qui adesso che ho l'ansia a mille.

T: *E normale che abbia quest'ansia? Jimin e se ci ripensa decidendo che presto e non si sente pronto? Se dopo la storia con l'ex lui capisse che non vuole più sposarsi credendo che possa succedere come lui?*

Sentì di nuovo uno schiaffo ma stavolta dietro la nuca dato proprio da Jimin il quale poi mi mise entrambe le mani sulle spalle e mi guardò negli occhi.

Jm: *Ora mi stai ad ascoltare attentamente ok? Uno l'ansia che provi e normale perché tra poco ti sposi e cazzo chi non avrebbe l'ansia... Due se non si sentiva pronto avrebbe detto di no... E tre lui ti conosce come le sue tasche, dopo anni il vostro amore non ha mai smesso di vivere, si avete dovuto sopportare tutto il male che il destino ha voluto mettere sulla vostra strada, ma guardati amico sei qui vestito di tutto punto mentre aspetti l'unico uomo che ti abbia fatto battere quel tuo cuore, lui ti conosce e ti ama per quello che sei*

Le parole di Jimin mi diedero quella sicurezza che io stavo cercando da quando stamani mi ero svegliato senza di te, avevo bisogno di sentire delle parole con quel significato profondo, avevo bisogno di sentirmi dire che tutto ciò e giusto e il destino lo vuole, l'abbraccio ringraziandolo per essermi stato sempre vicino e avermi aiutato quando non glielo avevo mai chiesto, mi staccai soltanto dopo che sentì la musica iniziare segno che tu stavi per entrare da quella porta, sorrido ampiamente appena ti vedo varcarla non togliendo lo sguardo dalla tua figura così bella che mi sembri un angelo in quel *completo bianco così semplice ma su di te perfetto, il mio cuore perde un battito quando finalmente il mio sguardo si posa nel tuo e non ci servivano parole per capire che quella era la miglior decisione fatta in tutta la mia vita.*

POV Hyunjin

Cammino avanti e indietro in questa stanza mentre mia madre e Felix se la ridono vedendomi in questo stato continuando a prendermi in giro, ho la testa invasa da mille pensieri ma più che altro tutte le paure cominciano a farsi sentire, tu penserai che alla fine già mi sono sposato e non dovrei avere problemi ma la cosa è differente perché quando mi sono sposato la prima volta era senza sentimento... Ma ora io mi sposo con la persona che ho sempre amato anche quando tutto attorno a me era nero, il mio cuore non smetteva di battere per te e mai lo farà, vedo mia madre che mi si para davanti con un bicchiere davanti e gli sorrido prendendolo e buttandolo giù notando che era vodka alla pesca, il suo sapore mi porta subito alla mente il nostro primo bacio, ancora oggi ricordo il sapore del Gin lemon che si mischiava con il mio e cavolo quel bacio fu qualcosa di micidiale.

Felix: **Allora sei pronto?**

H: **Si e no... Felix e se lui ci ripensa capendo che non sono quello giusto? E se in realtà ciò che ho subito lo porti a capire che gli faccio schifo? Dio Felix e se in realtà ci stiamo solo illudendo?**

Felix alzò una mano e Hyunjin per istinto chiuse gli occhi ma invece di uno schiaffo sentì la mano dell'amico sulla sua guancia che si posò delicatamente.

Felix: **Ascoltami bene... Lui non ci ripenserà mai a quello che avete e mai gli farai schifo perché sa che tu non ne hai colpa, non vi state illudendo di niente perché ciò che avete supera qualsiasi amore che abbia mai visto persino quegli amori che vedo nei film, voi avete superato delle difficoltà che il destino ha voluto mettere sul vostro cammino ma alla fine finalmente dopo anni sempre lo stesso destino ha voluto vederlo realizzato questo amore... Quindi ora prendi e finiscila di farti le seghe mentali e vai dal tuo futuro marito.**

Sorrisi al mio miglior amico abbracciandolo, mi serviva sentire quelle parole perché ora ero consapevole ancora una volta che tu amore mio sei ciò che io voglio e vorrò sempre, mi staccai dall'abbraccio sentendo poi mia madre che mi prese sotto braccio e con lei uscì dalla stanza arrivando fino alla porta della chiesa, ok lo ammetto ero ancora nervoso e mia madre se la rideva sotto i baffi dicendomi che era normale e che anche lei quando stava per entrare era super nervosa, cercai di non pensare a niente facendo un profondo respiro e appena sentì la musica iniziare e le porte aprirsi avanzai lungo la navata e cavolo ogni cosa che mi preoccupava sparì non appena incontrai il tuo sguardo color cioccolato, ogni cosa sparì vedendo il tuo bellissimo sorriso e quanto eri bello in quel completo nero, il mio cuore aveva preso a battere all'impazzata e solo in quel momento capì che non poteva esserci persona più bella e meravigliosa di te d'avere vicino, in questo periodo mi hai ascoltato, mi hai capito, mi hai aiutato, mi hai dato il mio tempo e in tutto questo sei sempre rimasto con me non andando mai via.

Taehyung tese la mano a Hyunjin che subito venne presa e stretta, si continuarono a guardare anche quando il parroco iniziò la cerimonia, si guardarono sempre senza mai distogliere lo sguardo perdendosi entrambi negli occhi dell'altro, anche mentre dicevano lo voglio non smettevano di farlo perché in quel momento esistevano solo loro due e nessun altro, erano come rinchiusi in una bolla di sapone che non scoppiò neanche quando il parroco li dichiarò marito e marito, non scoppiò neanche quando finalmente dopo ore che non si vedevano e assaporavano le loro labbra si incontrarono di nuovo e non gli importava se vi era un parroco oppure tanti invitati che li guardavano perché il bacio che si diedero era uno di quelli che gli faceva perdere la testa a entrambi, intrecciarono le loro lingue giocando tra di loro lasciando che il miscuglio dei loro drink si mischiavano ancora.

T: **Vodka alla pesca...**

H: **Gin lemon...**

Si baciarono ancora stavolta un bacio più dolce mentre attorno a loro le urla di gioia e gli applausi si espandevano per tutta la chiesa, festeggiarono per tutta la notte in compagnia delle persone a loro care, festeggiarono tra le lenzuola giurandosi amore tra i gemiti.

Non sapevano se il loro futuro sarebbe stato rosee e fiori, sapevano che avrebbero avuto gli i loro alti e bassi, che ci sarebbero stati giorni dove il sole splendeva sempre e giorni dove la pioggia la faceva da padrona, ma sapevano anche che non importava cosa succedesse perché loro l'avrebbero affrontata sempre insieme con i loro cuori che battevano insieme.

Forse neanche senza saperlo entrambi erano già legati da tempo, quel filo rosso del destino li aveva avvolti fin da subito segnando il loro cammino, non è servito a niente dividerli o farli soffrire perché il loro amore anche dopo anni li aveva riuniti, li aveva visti ancora più forti e uniti di prima.

Fine

Printed in Great Britain
by Amazon

30100798R00066